Christian Tielmann

Schnappt die Schlittendiebe!

Christian Tielmann, geboren 1971 in Wuppertal, studierte Philosophie und Deutsch in Hamburg und Freiburg. Heute lebt er in Köln und schreibt erfolgreich Bücher für Kinder und Jugendliche.

Regina Kehn, geboren in Hamburg, studierte an der Fachhochschule für Gestaltung in Hamburg, Fachbereich Illustration. Seitdem ist sie als freiberufliche Illustratorin für mehrere deutsche Verlage tätig und wurde mit etlichen Preisen ausgezeichnet.

Christian Tielmann

Schnappt die Schlittendiebe!

Ein Weihnachtskrimi in 24 Kapiteln

Mit Illustrationen
von Regina Kehn

Ravensburger Buchverlag

Als Ravensburger Taschenbuch
Band 52503
erschienen 2013

MIX
Aus verantwortungsvollen Quellen
FSC® C114500

1 2 3 4 16 15 14 13

Überarbeitete Ausgabe

Umschlaggestaltung und Innenillustrationen: Regina Kehn

Das Buch erschien erstmals 2005 unter dem Titel »Kommissar Niklas und die Schlittenschieberbande« im Carlsen Verlag

Printed in Germany

ISBN 978-3-473-52503-4

www.ravensburger.de

1.

Ach du heiliger Morgen!

Natürlich wusste Niklas, dass es verboten war. Es war sogar strengstens verboten. Aber was das genau bedeutete und was ihm blühte, wenn er erwischt würde, das wusste er nicht. Deshalb war es wohl besser, sich gar nicht erst erwischen zu lassen.

Er schlich sich hinunter ins Erdgeschoss, lief durch den kurzen Flur, öffnete die Haustür und lugte hinaus.

Es war früh am Morgen und ein paar Schneeflocken trieben durch die Luft und legten sich in einer dünnen Schicht auf den Bürgersteig und das Kopfsteinpflaster der Moortorstraße. Eine dicke Frau schleppte Einkaufstaschen mit letzten Weihnachtseinkäufen nach Hause und der Wirt von gegenüber schmückte seine Kneipe mit dem abscheulichsten Weihnachtsschmuck aller Zeiten. Er war spät dran – heute war bereits der 24. Dezember. Aber in diesem Jahr schienen alle spät dran zu sein.Niklas zog den Kopf zurück und schloss die Haustür wieder. Er fischte einen Schlüssel aus seiner Hosentasche und lief die zwei Schritte durch den Flur bis zur verbotenen Tür. Dann holte er tief Luft und steckte den Schlüssel, den er aus dem Nachttisch seiner Mutter stibitzt hatte, in das Türschloss.

Als er den Schlüssel im Schloss drehte, spürte er einen kalten Luftzug an seiner Schulter. Blitzschnell fuhr er herum. Doch da war niemand: weder an der Haustür noch im Treppenhaus.

Nur die Ruhe, besänftigte er sein schlechtes Gewissen. Ein echter Detektiv konnte eben nicht erst um Erlaubnis bitten, bevor er seine Nachforschungen anstellte.

Vorsichtig öffnete er die Tür, auf der in schwarzen Buchstaben stand:

Ph. & O. Lohmar
Ermittlungen

Sein Herz klopfte, als er seinen Fuß über die Türschwelle in das Heiligtum seiner Eltern, das Büro der Privatdetektive Philip und Olga Lohmar, setzte. Nichts hatten sie Niklas so strikt und streng verboten wie das Betreten dieses Raumes.

2.

Tock tock

Eigentlich sah das verbotene Büro der Lohmars eher langweilig aus. Zwei große Schreibtische standen mit den Stirnseiten gegeneinander in der Mitte des Raumes. Darauf befanden sich die beiden Computer und Telefone. Die Wand rechts war mit Regalen verbaut, in denen Ordner randvoll mit Dokumenten zu merkwürdigen, spannenden und stinklangweiligen Fällen gefüllt waren. Ein grauer Safe, der in eine Nische eingelassen war, hütete die Unterlagen über die spektakulärsten Geheimeinsätze der Lohmars. Noch nie hatte Niklas diesen Schrank offen gesehen. Links von der Tür, vor dem Schaufenster, das von einer Jalousie verdeckt wurde, warteten eine Couch, zwei Sessel und ein ovaler Tisch auf Kundschaft. Im Schirmständer in der Ecke stand der uralte, schwere Regenschirm von Tante Agathe. Angeblich hatte sie mit diesem Gerät einmal einen Einbrecher k. o. geschlagen.

Niklas huschte zum Schreibtisch seines Vaters und versuchte die Schublade aufzuziehen. Sie war abgeschlossen.

»Pah«, murmelte er und holte einen Dietrich aus seiner Hosentasche. Dass solche Schlösser alles andere als sicher waren, müsste sein Vater eigentlich wissen.

Niklas schob den Dietrich hinein, fummelte mit viel Fingerspitzengefühl darin herum und knackte die Schublade auf. Was mochte sein Vater, der berühmteste und beste Privatdetektiv von Buxtehude, wohl in dieser Schublade aufbewahren?

Niklas zog die Lade ganz auf und staunte. Er hatte mit allem gerechnet: mit wichtigen Papieren, Beweisfotos, ein paar Pistolen oder Handschellen, Geld oder auch dem Schlüssel zum Safe. Insgeheim hatte er sogar gehofft, eine Hundemarke, ein Hundehalsband und eine Hundeleine zu finden.

Aber nichts von all dem befand sich dort: Die Schublade war randvoll – und zwar mit Süßigkeiten! Gummibärchen, um genau zu sein. Niklas schob die kleinen Tüten auseinander, aber darunter kamen nur noch mehr Gummibärchen zum Vorschein – und ein Stapel Visitenkarten seines Vaters: Philip Lohmar, Privatdetektiv, Moortorstraße 1, Buxtehude und die Telefonnummer.

Niklas schüttelte den Kopf. Er suchte keine Süßigkeiten. Er suchte etwas Größeres. Er suchte etwas Besseres. Er suchte Weihnachtsgeschenke. Oder wenigstens einen Hinweis darauf. Denn Niklas befürchtete, dass seine Eltern das anstehende Weihnachtsfest vor lauter Aufträgen einfach vergessen hatten.

Jedenfalls hatten die Lohmars noch keinen Weihnachtsbaum und auch sonst wies im Haus rein gar nichts darauf hin, dass heute Heiligabend war. Stattdessen bewachten seine Eltern irgendwo in der Stadt den Rolls-Royce der steinreichen Eheleute Schmitz von Schmitzenstein. Ein dicker Auftrag – denn Herr Schmitz von Schmitzenstein hatte den Privatdetektiven bündelweise Geld gegeben, damit sie dafür sorgten, dass seine Luxuskarosse nicht geklaut wurde. Und das Geld schienen Niklas' Eltern ziemlich dringend zu brauchen. Zumindest hatten sie vor lauter Schmitz von Schmitzenstein Nick kein einziges Mal nach seinen Weihnachtswünschen gefragt.

Andererseits konnten sich seine Eltern auch denken, was er sich wünschte: einen Hund. Den wünschte er sich nämlich schon seit Jahren. Einen, den er als Spür- und Wachhund ausbilden konnte. Aber so wie es im Augenblick aussah, würde wieder nichts draus werden. Und wenn er Pech hatte, würde er gar nichts bekommen, weil seine Eltern viel zu sehr mit dem

A
X
C.R.I.M.E

Rolls-Royce beschäftigt waren, um an Weihnachten zu denken.

Niklas nahm sich eine kleine Tüte Gummibärchen und eine Visitenkarte, schließlich konnte man ja nie wissen, wozu man die noch gebrauchen konnte, und schob die Gummibärchenlade wieder zu.

Er steckte gerade den Dietrich ins Schlüsselloch, um die Schublade wieder abzuschließen, als etwas hinter ihm rappelte. Er hielt den Atem an und lauschte. Hatte er sich verhört? Aber da rappelte es noch einmal. Er ließ den Dietrich blitzschnell in der Hosentasche verschwinden und huschte zur Tür.

Im Flur war alles ruhig. Aber plötzlich machte es:

tock tock

Das war kein Rappeln mehr, das war eindeutig ein Klopfen. Und es kam nicht aus dem Flur. Es kam aus dem Büro. Aus dem alten Schrank, der vor dem ausgedienten Kamin stand.

Niklas schnappte sich vorsichtshalber den Regenschirm von Tante Agathe und näherte sich vorsichtig dem Schrank. Hatten seine Eltern etwa einen dringend tatverdächtigen Schwerverbrecher hier eingesperrt? Oder war es vielleicht doch ein lebendiges Weihnachtsgeschenk? Vielleicht klopfte da ein Wach-

und Spürhund, den seine Eltern schon für ihn besorgt und vorläufig in dem geräumigen Schrank untergebracht hatten?

Niklas hielt den Regenschirm in der rechten Hand, holte vorsichtshalber schon mal aus und öffnete mit der linken die quietschende Schranktür.

»Oh!«

3.

Guten Tag!

Vor ihm stand kein Hund und auch kein Schwerverbrecher, sondern eine Art Gartenzwerg: Er trug eine rote Zipfelmütze, eine schwarze Hornbrille auf und einen weißen Bart unter der knubbeligen Nase. In der linken Hand hielt er eine braune Aktentasche.

Der Zwerg war einen Kopf kleiner als Niklas, schüttelte ihm die Hand und sagte: »Guten Tag.«

Niklas brachte keinen Ton heraus. Wenn er sich nicht irrte, dann war das kein Gartenzwerg, sondern ein …

»Entschuldigen Sie vielmals die Störung – und das Loch in der Rückwand Ihres Schanks. Wir werden selbstverständlich für den Schaden aufkommen.« Der Zwerg sah Niklas zweifelnd an. »Sagen Sie mal, sprechen Sie überhaupt Deutsch? Ich bin doch hier richtig gelandet, oder?« Er rieb sich mit seinem knubbeligen Zeigefinger die knubbelige Nase. »Merkwürdig, merkwürdig. Do you speak English? – Auch nicht? – Goddag! Jeg hedder Orpheus. Hvad hedder du?«

Niklas verstand kein Wort. Aber er war sich nun ganz sicher, dass das, was da bei seinen Eltern im Schrank stand, kein Gartenzwerg war, sondern …

»Sind Sie etwa ein Wichtel? Ein echter Wichtel?«

Der kleine Mann zog die grauen Augenbrauen über den Rand seiner Hornbrille. »Also tatsächlich Deutsch. Wusste ich's doch. Mein Name ist Orpheus. Interne Abteilung der Innenrevision im Sondereinsatz. Ja, ich bin echt. Ein echter Wichtel. Einer, der mit den Weihnachtsmännern zu tun hat. Aber bitte fallen Sie nicht gleich in Ohnmacht, denn wenn Sie der berühmte Privatdetektiv Lohmar sind, brauchen wir Ihre Hilfe. Und zwar dringend.«

Niklas stellte den Regenschirm von Tante Agathe unauffällig neben den Schrank, bot dem Wichtel einen Platz auf der Couch an und sagte: »Wir? Sie sind nicht allein gekommen, Herr Orpheus?«

Der Wichtel senkte verlegen den Blick. »Sprechen Sie mich bitte nicht mit ›Herr‹ an. Einfach nur ›Orpheus‹, das genügt.« Er setzte sich auf die Couch und legte sich seine Aktentasche auf den Schoß. »Wir sind zu zweit.« Er pfiff durch die Zähne. »Darf ich vorstellen? Dies ist Schnüffler, mein Spürhase.«

Ein weißer, ziemlich kleiner Hase kam aus dem

Schrank gehoppelt, schnüffelte ein bisschen herum, legte einige hübsche Köttel auf den Teppich und verkroch sich dann unter den Schreibtischen.

In Nicks Kopf ratterte es. Was er da im Schrank gefunden hatte, das war ja noch viel besser als ein gewöhnliches Weihnachtsgeschenk! Wenn er recht gehört hatte, war er kurz davor, seinen ersten Fall als Privatdetektiv zu ergattern!

Bisher hatte er leider noch nicht die Gelegenheit dazu gehabt, eigene Fälle zu bearbeiten. Er war zwar schon einmal einem ziemlich verdächtigen Mann auf der Spur gewesen, aber nach Wochen voller geheimer Nachforschungen hatte sich herausgestellt, dass der verdächtige Nachbar doch kein Gangster-Boss, sondern nur ein unschuldiger Nachtwächter war. Auch den letzten Banküberfall hatte Niklas nicht aufklären können, weil seine Eltern ihm den Täter vor der Nase weggeschnappt hatten. Noch nicht mal einen Fahrraddieb hatte er bisher überführt. Dabei hatte er sein Fahrrad extra mit versteckten Minikameras, Mikrofonen und Peilsendern ausgerüstet und zwei Wochen an der finstersten Ecke von Buxtehude abgestellt. Aber anscheinend wollte niemand den alten Drahtesel haben …

Und nun saß ein echter Wichtel vor ihm und bat ihn, Niklas Lohmar, um Hilfe! Das konnte er sich nicht entgehen lassen. Auch wenn der Wichtel ihn offensichtlich mit seinem Vater verwechselte.

»Womit kann ich Ihnen dienen, Orpheus?«

Niklas nahm einen Notizblock und einen Bleistiftstummel vom Schreibtisch seines Vaters, setzte sich in den Sessel und spitzte die Ohren.

4.

Der Auftrag

»Zunächst muss ich Sie um äußerste Diskretion bitten«, sagte Orpheus.

Diskretion kannte Niklas von seinem Vater. Diskretion hieß auf Deutsch: Klappe halten! Genau genommen hieß es, dass man unter keinen Umständen auch nur ein Sterbenswörtchen über den Fall oder den Auftraggeber verlieren durfte.

Niklas nickte. »Sie können sich ganz auf mich verlassen.«

Orpheus rückte seine Brille zurecht und öffnete die Aktentasche. »Das haben wir nicht anders erwartet, sonst wären wir nicht zu Ihnen gekommen.« Der Wichtel zog eine hellgrüne Aktenmappe aus der Tasche und legte sie vor Niklas auf den Tisch.

»In dieser Akte steht der Kurzbericht der himmlischen Innenrevision. Einem unserer Weihnachtsmänner, Klaus dem 127sten, ist vor wenigen Stunden ein Schlitten gestohlen worden. Und zwar ein voll beladener Schlitten.« Der Wichtel räusperte sich. »Ich hoffe, Ihnen ist das Ausmaß dieses Diebstahls klar, Herr Lohmar! Der Schlitten war mit Geschenken für Kinder im Umkreis von 37 Kilometern bestückt.«

Niklas schluckte. Wenn das stimmte, dann konnte er lange nach Geschenken suchen! Er schlug die Aktenmappe auf. Da stand es schwarz auf weiß.

Amt für weihnachtliche Ordnung **Abteilung Innenrevision**			(Stempelfeld)
Unterabteilung:	Verschwundenes		Formulartyp **2412 neu**
Sachbearbeiter, Dienstgrad:	Orpheus, Wichtel 3. Stufe		
Kurzbericht X	Langbericht	Zwischenbericht	Abschlussbericht
unwichtig	kann warten	stinklangweilig	eilt X
Vermisste Gegenstände:	Schlitten, Rentiere, Geschenke		
Ort des Verschwindens:	Buxtehude		
Geschädigte Person:	Klaus 127., Weihnachtsmann südlicher Nordbezirk, Gruppe West		
Tatverdächtige:	unbekannt		
Zeugenaussagen:	Noch nicht eingeholt. Geschädigte Person befindet sich noch auf Erden. Aufenthaltsort vermutlich Joes Würstchenbude, Buxtehude		

Sonstiges:	1.) Antrag auf Hilfestellung: Wir sollten irdische Detektive einschalten, da es sich möglicherweise um menschliche Täter handelt. Sicher ist bisher nur, dass der Schlitten wirklich auf der Erde und nicht schon im Himmel verlustig gegangen ist. 2.) Eine Überweisung des Falls an die externe Abteilung der Innenrevision oder einen Sonderbeauftragten ist empfehlenswert.

Nachdenklich legte Niklas das Formular zurück. Das war ein echter Fall, und ein großer noch dazu. Aber immerhin sein erster richtiger Fall! Nur – er hatte keine Ahnung, wie und wo er anfangen sollte.

Er stand auf, lief zum Schreibtisch seiner Mutter, holte eine Flasche Apfelsaft heraus und goss sich erst einmal ein Glas ein.

»Wollen Sie auch einen Schluck?«, fragte er den Wichtel.

Orpheus schüttelte den Kopf.

»Tja, das sieht nach einem interessanten Fall aus«, sagte Niklas. »Ich werde mich darum kümmern. Bis wann brauchen Sie denn den Schlitten zurück?«

Der Wichtel starrte ihn an. »Je schneller, desto besser. Schließlich ist heute Heiligabend!«

Niklas setzte sich wieder hin. »Wo sollen wir anfangen zu suchen?«

Der Wichtel legte den Kopf schief. »Sie sind der große Privatdetektiv Lohmar und fragen mich, einen Wichtel, der das erste Mal in seinem Leben auf der Erde ist, wie Sie Ihre Arbeit am besten erledigen? – Wo ist denn eigentlich Ihre Partnerin?«, fragte er. Das Misstrauen in seiner Stimme war nicht zu überhören. »Mir wurde mitgeteilt, dass Lohmar immer mit einer Partnerin zusammenarbeitet.«

»O ja, das stimmt«, beeilte sich Niklas zu sagen. »Die macht gerade noch Besorgungen.«

»Was für Besorgungen?«, fragte der Wichtel.

Niklas begann zu schwitzen. Wurde er jetzt etwa verhört? Konnte der Wichtel ihm an der Nasenspitze ansehen, dass er log? Und was sollte er machen, wenn Orpheus darauf bestand, seine Partnerin kennenzulernen?

»Es ist Heiligabend. Da haben wir Menschen so einiges zu besorgen. Tannenbäume, Weihnachtsgänse, das ganze Programm, aber das muss ich Ihnen doch nicht erklären, oder?« Niklas war selbst ganz überrascht, dass ihm diese gute Ausrede eingefallen war.

»Und wann kommt sie zurück?«

Diese Frage hatte Niklas befürchtet. Der Wichtel sah nicht so aus, als würde er sich mit einer schwammigen Auskunft zufriedengeben. Im Gegenteil, er sah eher so aus, als würde er gleich mitsamt Aktentasche und Spürhase wieder durch das neue Loch in der Rückwand des alten Schranks verschwinden, um sich einen anderen Detektiv zu suchen. Das konnte doch nicht wahr sein! In diesem Augenblick klopfte es erneut, allerdings nicht im Schrank. Jemand klopfte an die Bürotür. Niklas tat so, als habe er es nicht gehört. Wer auch immer da draußen im Flur stand, er würde bestimmt wieder verschwinden, wenn man ihn einfach ignorierte.

»Wollen Sie denn nicht öffnen?« Orpheus musterte Niklas, als wolle er ihn durchleuchten. Und sogar der Spürhase kam herübergehoppelt und schnüffelte aufdringlich an Nicks Hosenbein.

»Wie? Ach nein, wir sind ja noch mitten in der Besprechung und da lasse ich mich ungern stören«, murmelte er, als es abermals klopfte.

»Öffnen Sie!«, sagte Orpheus. »Sie können doch nicht einfach Ihre Kundschaft draußen stehen lassen.« Er zog die Stirn in tiefe Falten.

Mit weichen Knien stand Niklas auf und schlich sich zur Tür. Wenn ihn seine Eltern hier erwischen würden, wäre alles aus. Und wenn da draußen ein Auftraggeber seiner Eltern stand, dann würde sofort auffliegen, dass er nicht der berühmte Detektiv Philip Lohmar, sondern nur dessen Sohn Niklas war. Seine Hand zitterte, als er die Türklinke runterdrückte.

5.

Die Quasselstrippe

»Ach hier steckst du ich dachte das darfst du gar nicht Ich habe schon oben geklingelt aber da hat keiner aufgemacht und da wollte ich deine Eltern fragen wo du bist Wir müssen noch einmal alles durchgehen für heute Abend Meine Oma kommt nämlich und Tante Hilde auch Da will ich keinen Patzer von dir erleben Das wäre zu peinlich« Elly redete mal wieder ohne Punkt und Komma. Aber dann musste sie Luft holen.

Das war Nicks Chance. Er sah sie mit seinem Ich-mach-echt-Ärger-wenn-du-nicht-auf-mich-hörst-Blick an und zischte: »Halt mal kurz die Klappe!«

Aber das beeindruckte Elly ganz und gar nicht.

»Hast du endlich deinen Text auswendig gelernt?«

Nick kannte Elly bereits seit dem Kindergarten. Und schon seit damals war sie der Meinung, dass sie selbst superklug und Nick superdämlich sei. Elly war die Beste in der Klasse. Sie war bei allen Lehrern beliebt, ja sogar Doktor Knecht, der fürchterliche Hausmeister der Schule, war freundlich zu ihr. – Und Doktor Knecht war eigentlich zu keinem Kind freundlich. Im Gegenteil: Niklas hatte den Verdacht, dass der finstere Hausmeister Kinder am liebsten mit Knoblauch gespickt am Spieß braten und aufessen würde! Und zwar alle Kinder – außer der superklugen Elly natürlich, die hätte Doktor Knecht garantiert verschont.

In diesem Jahr sollten ausgerechnet Elly und Nick als Maria und Josef im Krippenspiel auftreten. Selbstverständlich konnte Nick seinen Text – mehr oder weniger. Jedenfalls hatte er die meisten Sätze schon einmal gelesen. Bei der letzten Probe hatte er nur noch zehn oder zwölf Mal gestottert und gestammelt, weil er nicht mehr weiterwusste.

Aber das blöde Krippenspiel war Nick im Augenblick völlig egal. Es gab Wichtigeres. Er hielt Elly für einen Moment den Mund zu und sagte: »Da drin sitzt ein Wichtel. Ein echter Wichtel. Und der hat ein echtes Problem.«

Elly starrte ihn an. »Ein Wichtel. Im Büro deiner Eltern sitzt ein Wichtel. Und was macht der da? Weihnachtsgeschenke verteilen?« Das Mädchen verdrehte die Augen.

Nick schüttelte den Kopf. »Denk doch, was du willst! Hier geht es um einen echten Kriminalfall!

Meinen ersten echten Fall und den werde ich mir nicht von dir vermasseln lassen!«

Elly war kein bisschen beeindruckt. Mit einer schnörkeligen Handbewegung, die vermutlich besonders-super-ober-erwachsen aussehen sollte, zickte sie: »Ich habe keine Zeit für deine albernen Detektivspielchen.« Sie stieß die Tür zum Büro auf, schubste Nick vor sich her und sagte: »Egal ob hier oder oben bei dir: Wir müssen den Text durchsprechen!«

Aber dann sagte Elly nichts mehr. Sie stand mitten im Büro von Nicks Eltern und starrte zum Sofa hinüber.

6.

Partner

Elly traute ihren Augen kaum: Im Büro der Lohmars saß ein Junge, der sich als Gartenzwerg verkleidet hatte, und musterte sie von unten bis oben.

»Ist das Ihre Partnerin?«, fragte Orpheus.

Elly schüttelte den Kopf, aber Niklas sagte schnell: »Ja, das ist sie. Darf ich vorstellen? Elly Wiesenfeld, Orpheus, der Wichtel. Elly versteht sich bestens auf Ermittlungen. Nicht wahr, Elly?« Niklas trat ihr unauffällig vors Schienbein.

Aber statt zu nicken, sagte die sonst so gesprächige Elly nur: »Sind Sie wirklich echt?«

Orpheus ließ Niklas nicht aus den Augen und antwortete trocken: »Ja, bin ich.«

»Aber es gibt keine Wichtel.« Elly taumelte ein wenig und stützte sich mit einer Hand am Schreibtisch von Nicks Mutter ab.

Orpheus seufzte. »Davor hat man mich oben gewarnt: Es ist angeblich ein Lieblingsspiel der Menschen. Es heißt, wenn ich es recht verstanden habe: ›Ich-glaube-nicht-was-ich-nicht-seh‹, oder?« Der Wichtel rückte seine Brille zurecht. »Aber Sie sehen mich doch. Also können Sie auch glauben, dass es mich gibt, oder?«

Elly klappte den Mund auf und klappte ihn wieder zu. Dazwischen machte sie ein Geräusch, das wie »hiepf« klang. Elly hatte eindeutig »hiepf« gemacht.

Niklas schmunzelte. Elly war die Beste in seiner Klasse. Sie wusste immer über alles Bescheid und konnte zu allem und jedem ihren Senf dazugeben. Aber kaum sah sie etwas Ungewöhnliches, einen echten Wichtel etwa, der Orpheus hieß, da fiel selbst ihr nichts mehr ein und sie begann zu hiepfen.

Der Wichtel pfiff durch die Zähne. Schnüffler sprang auf seinen Schoß. »Sehen Sie: Hier ist ein Hase. Sie zweifeln doch nicht daran, dass das ein Hase ist, oder? Und da steht ein Schrank. Und hinter dem Schrank ist der Kamin. Es gibt doch den Kamin, oder?«

Elly nickte.

»Und über dem Kamin ist der Himmel. Es gibt doch den Himmel, oder?«

Elly nickte.

»Und aus dem Himmel fällt manchmal etwas runter. Regentropfen, Schneeflocken, Hagelkörner.

Stimmt's?« Der Wichtel wartete die Antwort von Elly gar nicht erst ab und sagte: »Tja, und heute sind eben ein Wichtel und ein Spürhase heruntergefallen. Weiter nichts. Sie fragen ja auch nicht die Regentropfen, ob sie echt sind, oder?«

Orpheus nahm ein blütenweißes Taschentuch aus seiner Jackentasche und tupfte sich damit über die Stirn unter dem Zipfelmützenrand. »Können wir nun endlich zur Sache kommen und mit dieser Zeitverschwendung aufhören? Immerhin geht es um den Schlitten von einem Weihnachtsmann!«

»Weihnachtsmann?«, fragte Elly. »Sie wollen mir doch nicht …«

Orpheus wurde allmählich ungeduldig. »Entschuldigen Sie vielmals, aber glauben Sie im Ernst, dass ich den weiten Weg gemacht habe, um mit Ihnen Plätzchenrezepte auszutauschen? Ja, es geht um den Schlitten von einem Weihnachtsmann. Jetzt sagen Sie bloß, dass Sie auch nicht an den Weihnachtsmann glauben!«

»Eigentlich … äh, also, hiepf … nicht«, gab Elly zu und musste niesen.

Orpheus stand auf und klemmte sich seine Aktentasche unter den Arm. »Das gibt's doch nicht! Das gibt's doch überhaupt gar nicht! Da rackern wir uns Jahr für Jahr ab, basteln Geschenke, verwalten Wunschzettel, sorgen für mehr als eine Milliarde kleiner, mittlerer und großer Wunder, massieren heimlich Füße, Hände und Seelen. Und was ist der Dank dafür? Man kennt uns nicht! – Aber Weihnachten feiern Sie, oder? Und die Geschenke nehmen Sie, ja?«

Niklas winkte ab. »Nur die Ruhe, Orpheus. Natürlich glauben wir an den Weihnachtsmann und an die Wichtel. Das wissen ja schon die Kinder im Kindergarten, dass es die alle gibt.«

»Eben, das will ich auch gemeint haben. Die im Kindergarten, die haben eine klassische Bildung!« Der Wichtel schnaubte noch ein wenig, schien sich aber wieder zu beruhigen. »Kommen wir zur Sache: Wir sollten sofort zum Tatort aufbrechen!«

»Moment noch!«, sagte Elly. »Ich muss kurz mit Nick allein sprechen.«

Elly zerrte Niklas am Ärmel zurück in den Flur.

»Sag mal, spinnst du?«, flüsterte sie. »Du hast diesem Irren da drin gesagt, dass du Detektiv bist?«

»Bin ich doch auch! – Fast.« Niklas verschränkte die Arme vor der Brust.

»Fast! Genau! Und *fast* heißt so viel wie *gar nicht*!« Niklas fand eigentlich, dass *fast* etwas mehr war als *gar nicht*. Zum Beispiel konnte er seinen Josef-Text *fast* auswendig. Das war doch immerhin etwas mehr, als ihn *gar nicht* auswendig zu können.

Ph. &
Ermi

Aber Elly redete einfach weiter: »Ein Rennfahrer, der *fast* gewonnen hätte, hat *gar nicht* gewonnen. Mein Uropa hätte den Krieg *fast* überlebt. Das heißt: Er hat ihn *gar nicht* überlebt. Und du bist *fast* ein Detektiv. Das heißt, dass du *kein* Detektiv bist! Hast du das vergessen? Nur mal angenommen, dass das wirklich ein Wichtel ist, was ich nicht glaube: Meinst du, es gefällt einem Wichtel, wenn man ihn anlügt? Oder einem Weihnachtsmann?« Elly bekam einen roten Kopf. Das kannte Niklas schon. Wenn sie diesen roten Kopf bekam, dann war sie wirklich sauer. »Vergiss es, Niklas! Ich lüge nicht. Ich hasse Lügen, das weißt du genau! Ich mache da nicht mit! Ich bin keine Partnerin! Und *deine* Partnerin bin ich erst recht nicht! Und das werde ich diesem Wicht jetzt auch sagen.« Sie machte einen Schritt auf die Bürotür zu. Aber Niklas versperrte ihr den Weg.

»Nicht so schnell! Wenn du mir jetzt nicht hilfst, Elly, dann verspreche ich dir, dass das Krippenspiel eine Katastrophe wird! Deine Oma und Tante Hilde werden bestimmt nicht begeistert von uns sein!«

»Pah, was willst du schon machen?«, fragte Elly schnippisch. »Du bist nur der Josef! Maria hat sowieso viel mehr zu sagen!«

Nick flüsterte: »Aber wenn Josef rülpsen muss? Oder pupsen? Oder die Windel vom Jesuskind an den Esel verfüttert? Josef könnte auch Maria frohe Ostern wünschen und ihr gratulieren, weil sie ein *Mädchen* bekommen hat!« Nick sah Elly herausfordernd an. »Und bis heute Abend fallen mir garantiert noch ein paar andere Späßchen ein! Dieses Krippenspiel werden deine Großeltern auf jeden Fall nicht vergessen!«

Elly zischte: »Das ist Erpressung, Niklas!«

»Stimmt genau.«

»Aber Erpressung ist unfair!«, protestierte Elly.

Niklas zuckte mit den Schultern. »Na und? Sieht ganz so aus, als könntest du daran nichts ändern. Entweder bist du meine Partnerin oder du überlegst dir schon mal einen schönen Mädchennamen für Jesus. Wie wär's mit Jesusanne, Jesaja oder Jessika?«

»Also gut!« Elly verschränkte die Arme vor der Brust. »Aber wenn wir nicht pünktlich um sechs in der Kirche sind, gibt's Ärger. Und wenn Josef auch nur einen einzigen Texthänger hat, dann kann er was erleben!«

7.

Wurst

Joes Würstchenbude war nicht gerade das vornehmste Restaurant von Buxtehude. Die angerostete Hütte aus ehemals grünem Wellblech stand direkt an der viel befahrenen Straße, die den Verkehr um die hübsche Altstadt herumleitete. Ein großes Schild, das Joe vor Jahrzehnten auf die alte Wellblechhütte montiert hatte, war Werbung und Speisekarte zugleich, denn darauf stand in meterhohen Buchstaben:

WURST

Und Wurst war, abgesehen von Brötchen und Senf, alles, was es bei Joe zu essen gab. So gesehen war es kein Wunder, dass Klaus der 127ste, Weihnachtsmann im südlichen Nordbezirk, Gruppe West, es sich angewöhnt hatte, jedes Jahr einen kleinen Stopp bei Joe einzulegen, ehe er die Geschenke verteilte. Denn so gute Wurst wie bei Joe, die gab es noch nicht mal im Himmel.

Das sagte der Weihnachtsmann Joe auch seit Jahrzehnten. Und das freute Joe immer wieder, obwohl er natürlich nicht glaubte, dass Klaus der 127ste ein echter Weihnachtsmann war. Joe glaubte schon seit dem Kindergarten nicht mehr an Weihnachtsmänner. Aber irgendwie mochte er diesen komischen alten Kauz, der Jahr für Jahr im vollen Weihnachtsmann-Kostüm bei ihm vorbeischneite, um am 24. Dezember, pünktlich um 9 Uhr 30, eine doppelte Bratwurst mit Senf im Brötchen zu essen.

So war es auch dieses Jahr, nur dass der Gast nicht wie sonst direkt nach der Mahlzeit verschwunden war. Ganz im Gegenteil. Schon seit Stunden saß Klaus der 127ste mit hängendem Kopf unter dem einsamen roten Stern, den Joe wie jedes Jahr am ersten Advent als Weihnachtsdekoration aufgehängt hatte. Er sah irgendwie traurig, einsam und verlassen aus, dieser rote Stern in der Würstchenbude. Und dem Weihnachtsmann, der unter ihm saß, ging es anscheinend nicht besser: Der alte Mann kraulte sich den weißen Bart und murmelte unverständliches Zeug vor sich hin.

»Diese ganze Wurst-Esserei war ein einziger Feh-

ler!«, schimpfte er. »Den mache ich nicht noch einmal!«

Joe zuckte mit den Schultern und wunderte sich. Bisher hatte dieser angebliche Weihnachtsmann seine Würstchen doch immer in den höchsten Tönen gelobt. Was war denn auf einmal los? Doch sein Erstaunen wurde noch größer, als drei, nein vier Gestalten seine Würstchenbude betraten: Drei Kinder, gefolgt von einem weißen Hasen, stürmten in die Wellblechhütte.

Zwei der Kinder sahen ganz normal aus. Ein Junge und ein Mädchen. Aber das dritte Kind hatte sich als Gartenzwerg verkleidet. Und als Joe sein Gesicht näher betrachtete, stellte er fest, dass dieses Kind eher wie ein alter Mann aussah: Es hatte eine dicke Hornbrille auf der knolligen Nase und die Haut hinter den Brillengläsern war zerknittert, als würde sich dieser Gartenzwerg schon seit mindestens zweihundert Jahren ernste oder sehr ernste Sorgen machen.

»Das Karnickel muss draußen bleiben!« Joe wollte keinen Ärger mit dem Gesundheitsamt riskieren – nicht an Weihnachten.

»Es ist kein Karnickel, sondern ein Spürhase, mit Verlaub!«, protestierte der freche Zwerg.

Und Klaus der 127ste fügte lässig hinzu: »Ist schon in Ordnung. Die gehören zu mir.«

Joe wollte aufgebracht antworten, dass ihm das schnurzpiepegal sei, dass das Karnickel sofort rausfliege oder gebraten werde. Er öffnete auch den Mund und wollte genau das sagen. Aber alles, was er sich dann selbst sagen hörte, war: »Ach so, na dann ist ja gut.« Joe stutzte. Das konnte doch nicht sein. Er schüttelte den Kopf, zwickte sich in den Arm und nahm sich fest vor zu sagen, dass es ganz und gar nicht gut sei und dass das Vieh sofort verschwinden müsse, aber alles, was aus seinem Mund kam, war abermals: »Ach so, na dann ist ja gut.«

Der Würstchenbrater war verwirrt. So etwas war ihm noch nie passiert. Er traute sich nicht, es noch einmal zu probieren, hielt lieber den Mund und wendete die Würstchen. Wenigstens das funktionierte noch wie gewohnt.

8.

Klaus der 127ste

Klaus der 127ste machte einen ziemlich unglücklichen Eindruck. »Orpheus, also dich haben sie auserkoren? Ziemlich schwerer Fall für deinen ersten Sondereinsatz auf der Erde, oder? Ich dachte, du gehörst zur internen Abteilung.« Der Weihnachtsmann rieb sich mit dem Zeigefinger unter der Nase über den knisternden Oberlippenbart.

Der Wichtel sah an ihm hinauf. »Um die Wahrheit zu sagen: Außer mir hatte niemand Zeit, sich um die Sache zu kümmern. Aber sie haben mir Schnüffler mitgegeben und die Erlaubnis, menschliche Hilfe zu holen.«

»So, so, und diese beiden Menschlein sind die Hilfe? Sind die dafür nicht noch ein bisschen zu jung?« Als der Weihnachtsmann ihn mit seinen blauen Augen ansah, durchströmte Niklas rieselnde, wunderbar glitzernde Wärme. Er fühlte sich prächtig, pfiffig und großartig. Solange er in diese blauen Augen sah, war er sich ganz sicher, dass er den Schlitten wiederfinden würde. Wer auch immer ihn gestohlen hatte.

Orpheus zuckte mit den Schultern. »Das war der gute Rat vom Chef persönlich. An diese beiden Detektive soll ich mich halten.«

»Na gut, er muss es ja wissen«, brummte Klaus der 127ste in seinen beachtlichen weißen Bart.

»Ich bin Elly Wiesenfeld und das ist mein Partner Nick Lohmar. Nun erzählen Sie mal alles hübsch der Reihe nach. Was ist passiert?« Elly setzte sich neben den Weihnachtsmann auf die Bank und zückte den Notizblock, den Niklas ihr gegeben hatte.

»Genau«, murmelte Niklas, der sich ein bisschen ärgerte, dass Elly plötzlich so tat, als würde sie schon ihr Leben lang Verbrecher jagen. Dabei war sie erst seit 23 Minuten dabei, während Niklas immerhin schon seit zwei Jahren versuchte Detektiv zu werden.

Der Weihnachtsmann seufzte. »Ich muss Sie um äußerste Diskretion bitten, meine Dame und mein Herr. Die ganze Geschichte ist nicht nur ärgerlich, sondern auch ausgesprochen peinlich. Nicht auszudenken, was noch alles passieren könnte, wenn die Zeitungen und das Fernsehen davon Wind kriegen!«

»Machen Sie sich keine Sorgen. Wir sind es gewohnt, im Verborgenen zu arbeiten, und schweigen wie ein ganzer Friedhof.« Elly tippte mit ihrem Bleistift nervös auf dem Notizblock herum. »Nun schießen Sie schon los.«

»Es hilft ja nichts. Ich muss es doch gestehen. – Meine heimliche Leidenschaft ist mir zum Verhängnis geworden.« Der Weihnachtsmann fuhr sich mit den Fingern durch den Bart, schüttelte die Finger leicht aus und Nick glaubte, kleine Funken oder Sternschnuppen dabei herabrieseln zu sehen. »Meine Leidenschaft ist Wurst. Und so wie es aussieht, hat mich das direkt in die Patsche geführt, in der ich jetzt sitze. Ich mache jedes Jahr, bevor ich die Geschenke verteile, hier bei Joe Station, um eine Wurst zu essen. Wie immer hatte ich meinen Schlitten unauffällig hinter der Würstchenbude geparkt. Schließlich sollten die Kinder ja nicht schon vor der Bescherung sehen, was sie bekommen. Dann habe ich eine doppelte Bratwurst im Brötchen mit Senf bestellt.« Der Weihnachtsmann leckte sich über die Lippen. »Wenn Sie mich fragen, brät Buxtehude-Joe die beste Wurst der Welt. Aber in Weimar, so habe ich mir sagen lassen, gibt es auch einen hervorragenden Wurstbrater. Und irgendwo auf den Kanarischen Inseln lebt angeblich ein gestrandeter Metzger aus Belgien, der …«

»Und was ist dann passiert?« Nick unterbrach den

Weihnachtsmann nur ungern. Aber die Bratwurstweltmeisterschaft interessierte ihn nun nicht die Bohne. Außerdem rannte ihnen die Zeit davon.

»Nichts.« Der Weihnachtsmann zuckte mit den schweren Schultern. »Ich habe die Wurst gegessen, mich mit einem sehr freundlichen jungen Mann unterhalten. Der hatte übrigens einen schönen knallgrünen Ohrring. So etwas haben Sie noch nicht gesehen. Tja, und dann ging plötzlich alles ganz schnell: Ein Auto hielt mit quietschenden Reifen hinter der Bude. Ich habe befürchtet, dass es voll in den Schlitten kracht. Aber als ich rausrannte, um nach dem Rechten zu sehen, war er verschwunden – der Schlitten mitsamt Rentieren und allen Geschenken. Und das Auto übrigens auch.«

Niklas und Elly sahen sich an. Das war rätselhaft. Äußerst rätselhaft.

»Wie groß ist der Schlitten denn überhaupt?«, fragte Niklas.

Klaus der 127ste wiegte den Kopf hin und her. »So genau kann ich das nicht sagen, etwa so groß wie ein LKW. Aber er wird größer, wenn er mehr geladen hat.«

»Diese Schlitten sind so konstruiert, dass alles darauf Platz hat, egal wie viel man verstauen will«, schaltete sich Orpheus ein. »Statt einen zweiten Schlitten loszuschicken, wenn es zu viele Geschenke sind, wächst der Schlitten einfach ein Stückchen.«

»Und wie wird dieser riesenhafte Schlitten angetrieben?«, fragte Elly.

Der Weihnachtsmann zog eine Augenbraue hoch. »Wie? Das wissen Sie nicht? Aber das weiß doch jedes Kind! Von sechs Rentieren natürlich.«

»Aber wenn der Schlitten so groß ist wie ein LKW, dann reicht doch die Kraft von sechs Rentieren niemals aus, um ...« Weiter kam Elly nicht, denn der Weihnachtsmann winkte mit einem spöttischen Lächeln auf den Lippen ab.

»Aber so ein Weihnachtsschlitten funktioniert doch nicht so wie ein gewöhnlicher Menschen-Schlitten! Er kann fliegen und er wird von sechs Rentieren gezogen. Egal wie schwer er ist.«

Niklas war total beeindruckt. Dieser Schlitten schien ja wirklich ein Wunderwerk des Himmels zu sein. Er kritzelte auf seinem Notizblock herum und murmelte: »Verstehe, verstehe«, denn er wusste nicht, was er dazu noch fragen sollte.

Elly hingegen schien kein bisschen beeindruckt zu sein. Abgebrüht wie ein Profi hakte sie nach: »Ich habe im Augenblick nur noch zwei Fragen. Erstens: Gibt es Zeugen? Und zweitens: Gibt es Spuren?«

Mist, dachte Nick. Schon wieder waren Elly und nicht ihm selbst zwei extrem gute Fragen eingefallen! Wenn das so weiterging, würde Elly bald bei seinen Eltern als Junior-Partnerin einsteigen, während er noch immer absolutes Büro-Verbot haben würde …

»Zeugen? Hm, nicht dass ich wüsste«, murmelte der Weihnachtsmann.

»Was ist mit dem jungen Mann, mit dem Sie gesprochen haben?«, fragte Elly.

»Ach, der junge Mann mit dem schönen grünen Ohrring? Ich weiß nicht. Als ich wieder reinkam, war er schon weg. Schade eigentlich, ich hätte mich gern noch länger mit ihm unterhalten.«

»Und was ist mit Ihnen, Joe? Haben Sie irgendetwas gesehen?« Elly sah zum Würstchenbrater hinüber.

Aber der wendete nur seine Würstchen, schüttelte den Kopf und schwieg.

»Also keine Zeugen«, murmelte Niklas.

Zum Glück für die Detektive sah es wenigstens in Sachen Spuren etwas besser aus: Die sechs Rentiere hatten sechs hübsche Hügelchen Rentier-Kot auf den Schnee gelegt. Und auch der Schlitten hatte zwei tiefe Spuren hinterlassen, die sich allerdings schnell verloren.

»Bremsstreifen?«, fragte Nick.

»Nein, das sind Startstreifen. Die entstehen, wenn der Schlitten mit 365 Stundenkilometern abhebt«, erklärte Orpheus, als sie im Nebel hinter der Würstchenbude standen.

Elly beugte sich mit einer Lupe über die Startstreifen, während der Spürhase Schnüffler sich am Rentierkot zu schaffen machte. Er schnupperte hier, er schnupperte da, stellte sich auf die Hinterpfoten und schien Witterung aufzunehmen.

»Ich glaube, Schnüffler hat eine heiße Spur.« Orpheus klemmte sich seine Aktentasche unter den Arm, beugte sich hinunter zu seinem Spürhasen und flüsterte: »Such, Schnüffler, such die Rentiere und den Schlitten!« Und ehe sich's Nick, Elly und Klaus der 127ste versahen, hoppelte Schnüffler auch schon los: über den Parkplatz, über die Straße und weiter Richtung Altstadt.

9.

Kleine Fische auf dem Weihnachtsmarkt

Es schneite vereinzelt winzige Flocken. Der Himmel hatte die Farbe eines alten Putzlappens angenommen, aber das bedeutete, dass er noch mehr Schnee bereithielt. Zum Weihnachtsfest schien das Wetter dieses Jahr sogar ausnahmsweise mal zu passen.

Nicht so recht passen würde in diesem Jahr allerdings, dass die Kinder ohne Geschenke auskommen mussten, falls Nick diesen Fall nicht rechtzeitig lösen und den Schlitten mitsamt Geschenken und Rentieren wiederfinden würde. Und das sah, wenn Nick ehrlich war, nicht gerade gut aus. Aber der Rentierkot und die Startspuren waren immerhin ein Anfang.

Allerdings nur ein kleiner: Die Startspuren sahen zwar hübsch aus, aber für die Fahndung nach dem Schlitten waren sie völlig wertlos. Und ob der Spürhase wirklich die Witterung der Rentiere aufgenommen hatte, war auch noch unklar.

Auch die superkluge Elly schien daran zu zweifeln. »Dieses Karnickel ist mir nicht ganz geheuer!«, raunte sie Niklas zu.

Schnüffler hoppelte in die Altstadt. Orpheus klebte ihm geradezu an den Hinterläufen und feuerte ihn immer wieder an. Mit ein bisschen Abstand trabten Nick und Elly hinter den beiden her. »Spürhase, so ein Blödsinn. Ich habe noch nie etwas von einem Spürhasen gehört.«

»Es gibt eben mehr Hasen zwischen Himmel und Erde, als du denkst«, verteidigte Nick das Tier. Was wusste Elly schon von Hasen?

»Da lachen ja die Hühner!«, knurrte Elly. »Ich kenne mich mit Hasen aus: Angolahasen, Antilopenhasen, Schwarznackenhasen, Schneehasen, Berghasen, Prärie-, Busch-, Strauch- und Feldhasen, chinesische, japanische und mandschurische Hasen, kalifornische Eselhasen, tibetanische Wollhasen, nordamerikanische Schneeschuhhasen, sogar Uganda-Grashasen kenne ich. Und natürlich jede Menge Pfeifhasen und Kaninchen. Aber Spürhasen? – Fehlanzeige.« Elly schüttelte heftig den Kopf und fügte hinzu: »Außerdem bin ich gegen Hasen- und Kaninchen allergisch.«

Sie überquerten die Lange Straße. »Jetzt warte doch erst mal ab.« Nick schnürte seine Kapuze etwas fester. »Du hast doch auch nicht an Weihnachtsmänner und Wichtel geglaubt.«

»Erstens traue ich dem ganzen Braten noch immer nicht«, antwortete Elly. »Und zweitens habe ich von Wichteln und Weihnachtsmännern, Schlitten und fliegenden Rentieren wenigstens schon mal Geschichten gehört! Aber in keiner dieser Geschichten kam ein Spürhase vor! Das ist doch merkwürdig, oder?«

Sie bogen auf den Marktplatz ein, auf dem ein gewaltiges Gedränge herrschte. Der letzte Tag des Weihnachtsmarkts und der Wochenmarkt waren zusammengelegt worden. So stand der Glühwein- neben dem Käsestand, das Obst wurde neben den Holzspielzeugen feilgeboten und der große Fischstand mit den kleinen Fischen war links und rechts von zwei Tannenbaumverkäufern eingerahmt. Es war ein heilloses Durcheinander. Nick und Elly mussten sich sputen, damit sie Schnüffler und Orpheus nicht aus den Augen verloren.

»Pfui Kuckuck, ich hasse diesen Krach!« Orpheus hielt sich die Ohren zu, als sie an einer Gruppe von vier Musikanten vorbeikamen, die neben dem Stand

von Bananen-Willi standen und »Stille Nacht, heilige Nacht« zum Besten gaben.

Elly hatte Recht, Schnüffler war merkwürdig. Aber Orpheus war auch nicht gerade ein Wichtel, wie man ihn sich so vorstellte.

»Hast du jemals eine Geschichte gelesen, in der ein Wichtel Akten in einer Aktentasche mit sich herumträgt, eine Hornbrille auf der Nase hat und keine Weihnachtslieder mag?«, fragte Niklas.

»Eben, eben. Ich sage doch schon die ganze Zeit: Irgendwas ist faul an dieser Geschichte. Und dann dieser Weihnachtsmann, der verrückt nach Würstchen ist …« Elly verdrehte die Augen. »Der hat doch auch einen mittleren Dachschaden, oder?«

Aber da hielt Schnüffler plötzlich mitten auf dem Markt an und klopfte mit den Hinterläufen dreimal in die Pfütze, in der er saß.

»Was bedeutet das?«, fragte Nick.

»Hat er vielleicht die heiße Rentierspur verloren?«, fragte Elly schnippisch.

»Nein, nein, wir sind am Ziel.« Orpheus stellte sich auf die Zehenspitzen und sah sich um. »Aber wo stecken sie?«

»Sie sind direkt hinter uns!« Elly zeigte auf ein

paar Möhren, die auf einem Gemüsestand in ihrem Rücken angeboten wurden. »Die hat er gerochen, garantiert! Was ein ordentliches Karnickel ist, das riecht die Möhren kilometerweit, sogar trotz des Gestanks von Joes Bratwürstchen.«

Aber da lief ein zufriedenes Lächeln über das Gesicht von Orpheus. »Erstens habe ich Sie schon dreimal drauf hingewiesen, dass Schnüffler ein Spürhase und kein Karnickel ist. Und zweitens kommen sie da.«

10.

Die Urkunde

Tatsächlich bahnte sich eine Frau den Weg durch das Gedränge auf dem Wochen- und Weihnachtsmarkt von Buxtehude. Sie zog sechs Rentiere hinter sich her. »Einmal streicheln 2 Euro! Einmal reiten 10 Euro! Sind ganz lieb! Die tun nichts!«

»Aber woher wollen wir wissen, dass die nicht ihr gehören?«, zischte Elly Niklas zu, als sie sich der Frau langsam näherten.

»Am besten fragen wir sie!«, sagte Niklas und stellte sich der Frau in den Weg. »Guten Tag!«

»Na Kleiner, willst du sie einmal streicheln?«, fragte die Frau extrem freundlich.

»Nein, ich wüsste aber gern, woher Sie die Tiere haben.« Niklas verschränkte die Arme vor der Brust. Diese Rentiere guckten wirklich lieb aus den grauen Fellen. Und für Schnüffler war es sicherlich nicht besonders schwer gewesen, ihre Witterung aufzunehmen: Die nassen Felle rochen nicht gerade wie eine weihnachtliche Duftkerze.

»Die? Natürlich aus dem Zoo!«, antwortete die Frau.

»Sie meinen den alten Tierpark von Hollenstedt?« Nick hätte jubeln können, dass ihm eine so geschickte Fangfrage eingefallen war!

Die Frau nickte. »Genau. Aber alt ist der Tierpark ganz und gar nicht. Den Tieren geht es durchaus gut in Hollenstedt, da musst du dir keine Sorgen machen.«

Niklas zuckte mit den Schultern. »Das ist ja wirklich zu dumm.«

»Was denn?«

»Na, dass es in Hollenstedt gar keinen Tierpark mehr gibt!« Niklas reichte der Dame lässig eine Visitenkarte seines Vaters. »Gestatten? Mein Name ist Lohmar. Ich bin Privatdetektiv. Geben Sie's zu: Sie haben die Tiere geklaut! Und jetzt rücken Sie sie sofort wieder raus, sonst rufen wir die Polizei!«

»Und den Schlitten geben Sie am besten auch gleich wieder her!«, fügte Elly hinzu, die sich hinter Nicks Rücken aufbaute.

»Geklaut? Unsinn! Wem sollte ich die denn klauen? Etwa dem Weihnachtsmann? Ich habe diese Tiere ...«

Aber dann verstummte die Frau plötzlich. Denn in diesem Moment erschien der Wichtel Orpheus vor ihrer Nase.

»Sind Sie echt?«, fragte die Frau.

Aber auf diese Diskussion ließ sich Orpheus nicht mehr ein. Er zog eine Urkunde aus seiner Aktentasche. »Bitte schön: Diese Urkunde beweist, wem das Rentier-Gespann gehört!« Der Wichtel hielt der Frau das Schriftstück unter die Nase. »Die Tiere haben, wie Sie sehen, Ohrmarken. Sie müssen nur die Kennzahlen darauf mit den eingetragenen Inventarnummern in dieser Rentier-Besitzurkunde vergleichen.«

Die Frau nahm zögernd das amtliche Schreiben in die Hand.

<table>
<tr><td colspan="3">Urkunde
Mit diesem Schein wird bezeugt, bewilligt und bestätigt, dass sich folgende Güter im Besitz von</td></tr>
<tr><td>Name</td><td colspan="2">Klaus der 127ste</td></tr>
<tr><td>Beruf</td><td colspan="2">Weihnachtsmann</td></tr>
<tr><td rowspan="2">Anschrift</td><td>((entfällt))</td><td>Himmel</td></tr>
<tr><td>(Straße, Hausnummer)</td><td>(Wohnort)</td></tr>
<tr><td>Geburtsdatum</td><td>((unbekannt))</td><td></td></tr>
<tr><td colspan="3">befinden.</td></tr>
<tr><td colspan="3">Typ der Güter</td></tr>
<tr><td>lebend</td><td>nicht lebend</td><td>leider nicht mehr lebend</td></tr>
<tr><td>X</td><td></td><td></td></tr>
<tr><td>sich selbst bewegend</td><td>nicht selbst bewegend</td><td>unbeweglich</td></tr>
<tr><td>X</td><td></td><td></td></tr>
</table>

übliche Bezeichnung	Standard Rentiergespann
genaue Bezeichnung	Sechsspänner Ren, ohne Zaumzeug
amtliche Bezeichnung	Rangifer tarandus Normgespann
Inventarnummer	R1758-1764 (NR6)
Anzahl der Teile dieses Guts, die von ihm ohne Werkzeug losgelöst werden können	6
Amtlicher Hinweis! Sie sind, sofern Sie nicht in dieser Urkunde als rechtmäßiger Besitzer des Gutes aufgeführt sind, im Zweifelsfall zur sofortigen Herausgabe desselben verpflichtet.	

Hinterdensiebenbergen		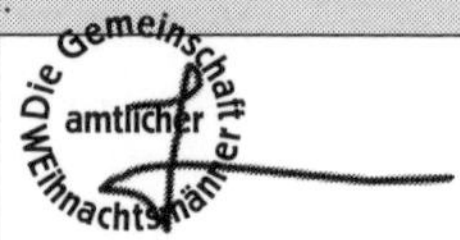
Ort		Siegel/Unterschrift

Als die Frau das gelesen hatte, wurde sie blass um die Nase, drückte Orpheus die Zügel der Rentiere in die Hand und flüsterte: »Ich habe nichts damit zu tun. Es sind …« Sie sah sich um, zuckte zusammen und murmelte: »Lasst lieber die Finger davon!«

Ehe Nick, Elly und Orpheus sie noch aufhalten konnten, entschwand die Frau flink wie ein diebisches Wiesel im Gewühl des Buxtehuder Weihnachtsmarkts.

Niklas sah in die Richtung, in die die Frau so ängstlich geguckt hatte – aber da war niemand, der besonders auffällig oder verdächtig aussah. Mal abgesehen von einem großen, älteren Mann, der einen schwarzen Vollbart trug, in einem langen grünen Lodenmantel steckte und finster guckend über den Weihnachtsmarkt stiefelte.

Den Mann kannte Nick: Das war der Hausmeister Doktor Knecht. Und diesem Fiesling wollte er lieber nicht begegnen. Er drehte sich schnell um und lief hinter Orpheus und Elly her, die die Rentiere bereits Richtung Moortorstraße führten.

11.

Lieber ein Rentier auf dem Dach als einen Hasen in der Nase

Nick war zufrieden mit sich. Er hatte zwar die Geschenke und den Schlitten noch nicht gefunden, aber immerhin war es ihm fast auf Anhieb gelungen, ein ganzes Rentiergespann zurückzuerobern. Das war doch schon mal was.

Sie brachten die Rentiere auf die Dachterrasse von Lohmars Haus in der Moortorstraße. Es war nicht ganz einfach, die sechs großen Tiere durch das enge Treppenhaus zu bugsieren. Aber zum Glück sind Rentiere ziemlich intelligent. Auf dem Dach waren sie sicher, fand Niklas. Da oben störten sie niemanden und konnten in aller Seelenruhe vor sich hin stinken.

»Na, wie haben wir das gemacht, Orpheus?« Nick fläzte sich in den Chefsessel seines Vaters und legte die Füße auf die Schreibtischplatte. Er hauchte seine Fingernägel an und polierte sie lässig an seinem Pullover. Diese Geste hatte er schon seit Wochen vor dem Spiegel geübt. Er hatte sie einem Fernsehdetektiv abgeguckt und fand, dass sie extrem lässig aussah. Leider schien das weder Orpheus noch Elly oder Schnüffler aufzufallen.

Orpheus saß am Couchtisch und notierte in seinen Akten, wann und wo sie das Rentiergespann wiedergefunden hatten. Aber seine Miene war alles andere als entspannt. Er rieb sich mit seinen kurzen, knubbeligen Fingern seine kurze, knubbelige Nase und schüttelte immer wieder den Kopf.

Auch Elly war mit ihrer Nase beschäftigt: Sie nieste. Mindestens zehnmal hintereinander. Sie kramte ein Taschentuch aus ihrer Jackentasche, schnäuzte sich und warf einen nicht gerade tierlieben Blick auf Schnüffler. »Kann der Hase nicht wie die anderen Viecher oben auf der Dachterrasse warten?«

Diese Frage überhörten Orpheus und Niklas gleichermaßen.

»Die Rentiere allein bringen uns nichts«, sagte Orpheus.

»Aber sie sind doch schon mal ein erster Schritt! Wenn wir jetzt noch die Geschenke finden, dann kann sich der Weihnachtsmann doch einen anderen Schlitten holen, und fertig!«

Der Wichtel schüttelte den Kopf. »Der Schlitten kann auch ohne Tiere fliegen. Sie sorgen eigentlich nur für die Richtung. Und es sieht einfach besser aus, wenn der Schlitten von Rentieren gezogen wird, als wenn er einfach so durch die Luft flöge.« Orpheus schlug die hellgrüne Aktenmappe zu. »Und außerdem müssen wir die Geschenkladung erst einmal finden!«

Niklas sackte in sich zusammen. Der Wichtel hatte Recht. Natürlich hatte er Recht. Aber war es nicht trotzdem ein bisschen großartig, dass er die Frau so schnell und problemlos überführt hatte und sie deshalb die Rentiere zurückhatten? Außer Niklas schien das keiner bemerkt zu haben.

Das Schrillen des Telefons riss Niklas aus seinen trüben Gedanken. Er schreckte hoch, schnappte sich den Hörer und sagte. »Ja, bitte?«

»Schlagen Sie Seite 186 im Telefonbuch auf und lassen Sie mal wieder Ihr Auto reparieren«, sagte eine Frauenstimme.

Solche Anrufe kannte Nick: Das war garantiert wieder Werbung! »Telefonwerbung ist bei uns unerwünscht!«, motzte er in den Hörer. Aber da hatte die Frau schon aufgelegt.

»Wer war das?«, fragte Elly.

»Ach, nur so eine blöde Werbetussi.«

Aber Elly wollte trotzdem wissen, was die Frau gesagt hatte. Und als Niklas ihr den ganzen Wortlaut sagte, meinte sie: »Vielleicht war das gar keine Werbung! Das hörte sich eher nach einem Hinweis für uns an.« Sie schnappte sich das Telefonbuch, das im Regal neben den Schreibtischen stand, und blätterte darin herum. »Welche Seite hatte sie gesagt?«

»186, glaube ich, aber das ist doch Unfug. Woher sollte jemand wissen, dass wir den Schlitten suchen?« Das wussten außer ihm nur Klaus der 127ste und Joe, der Würstchenbrater. Und dieser Joe schien doch sowieso nur mit seinen Würstchen zu reden und der Weihnachtsmann hatte ja extra um Diskretion gebeten. Der würde garantiert selbst die Klappe halten.

Niklas stand auf, lief um die Schreibtische herum und sah gemeinsam mit Elly ins Telefonbuch.

»Du hast der Rentierfrau eine Visitenkarte deines – äh …« Elly wurde knallrot. Um ein Haar hätte sie sich verplappert! »… des Büros gegeben.«

»Stimmt. Aber was haben die Rentiere mit Autos zu tun?«

Elly tippte auf die Anzeige einer Autowerkstatt. »Vielleicht meint sie, dass wir mal bei dieser Werkstatt vorbeischauen sollten.«

Niklas betrachtete die Anzeige.

Schrotthaufen zu Luxuskarossen

und umgekehrt

Opti-Mopti-Sofort-Reparatur

und

Altautoverwertung

Kim Kabulski & Kai Knaili
Die Profis für alle Altautofälle
nah – schnell – professionell

Niklas zog die Stirn in tiefe Denkfalten. »Kann ja nicht schaden, wenn wir da mal nach dem Rechten schauen.« Er zog sich seine Jacke wieder an.

Zwar glaubte er nicht so recht daran, dass das eine besonders heiße oder auch nur lauwarme Spur war. Aber erstens hatte er keine bessere Idee, wo sie nach dem Schlitten und den Geschenken suchen könnten, und zweitens war er froh, wenn sie schleunigst aus dem verbotenen Büro seiner Eltern verschwinden konnten. Irgendwann würden seine Eltern sicher wieder auftauchen.

12.

Opti-Mopti

Die Opti-Mopti Autowerkstatt von Kai Knaili und Kim Kabulski war nicht gerade das, was man sich unter einer modernen Autowerkstatt vorstellte. In eine Häuserzeile gequetscht, versperrte ein morscher Bretterzaun den Blick auf das Gelände der Werkstatt. Ein breites, verrostetes Eisentor hing schräg in den Angeln und das Schild über dem Tor, das für die Werkstatt werben sollte, sah nicht mehr taufrisch aus. Niklas, Elly, Orpheus und Schnüffler schlichen sich auf den Hof und sahen sich um. Links neben dem Tor befand sich ein großer Müllcontainer. Etwa gegenüber dem Eingangstor stand ein kleines, schäbiges, zweigeschossiges Wohnhaus. Im Erdgeschoss dieses Hauses blinkte hinter einer völlig verdreckten Scheibe das Wort »Büro« in grünen Leuchtbuchstaben. Darunter stand ein Plastik-Weihnachtsbaum, der in wechselnden Farben matt leuchtete. Rechts neben dem Haus stand in der Ecke eine Halle, aus der nicht nur jede Menge Licht auf den Hof drang, sondern auch die lautstarken Stimmen zweier Männer.

Jeder freie Zentimeter des Hofs war mit Autos zugeparkt. Und mit was für welchen! Diese Autos sahen ganz und gar nicht nach Schrottplatz aus. Niklas hätte nie gedacht, dass so edle und luxuriöse Autos in einer so schmuddeligen Werkstatt repariert würden. Aber auch reiche Leute schienen gelegentlich zu sparen.

Schnüffler hoppelte zielstrebig auf den Müllcontainer zu. Niklas, Elly und Orpheus schlichen sich hinterher und hoben die schwere Klappe an.

»Am besten sucht einer da drin nach Spuren, während die anderen Schmiere stehen«, flüsterte Elly.

»Ich steh Schmiere«, sagte Nick schnell. Detektivsein hin oder her, aus dem Container stank es abscheulich nach Abfall.

»Ich auch«, sagte Elly. »Schließlich habe ich ja leider diese Allergie.«

Orpheus guckte nicht gerade begeistert aus seiner sauberen Wäsche.

Zumindest half Niklas ihm dann – Schnüffler unter den Arm geklemmt – bereitwillig in den Container. »Soll ich solange Ihre Aktentasche halten?«

Aber die wollte der Wichtel nicht aus der Hand geben. Er rutschte in den schlecht riechenden Container und grummelte leise vor sich hin.

Niklas rieb seine klammen Hände aneinander und sah über den Hof zur Halle. Hoffentlich beeilten sich Orpheus und Schnüffler. Denn von den beiden streitenden Automechanikern wollte er sich lieber nicht beim Schnüffeln in ihrem Müll erwischen lassen.

Am liebsten hätte er die beiden aber belauscht. Vielleicht waren sie ja tatsächlich die Diebe und stritten sich gerade darum, wer den größeren Teil der geklauten Weihnachtsgeschenke bekam?

Elly schien seine Gedanke zu erraten: »Jetzt müssten wir hören können, worüber sie sich streiten.«

Niklas nickte. »Ja, das müssten wir. Wenn wir mal davon ausgehen, dass dies eine heiße Spur ist.«

Elly grinste. »Selbstverständlich können wir davon ausgehen. Schließlich haben wir einen Tipp gekriegt. – Auch wenn wir das fast nicht gemerkt hätten …«

Niklas verdrehte die Augen. Warum musste Elly immer so nerven? Seine Eltern wurden oft am Telefon von Werbefritzen belästigt. Woher hätte er wissen sollen, dass diese Frau keine Werbetante gewesen war? Und überhaupt: Vielleicht war das auch keine heiße Spur, sondern nur eine hundsgemeine Falle! Und wenn es eine Falle war, dann würde Elly am Ende doch noch alt aussehen. Und zwar uralt.

BÜRO

Niklas wollte ihr das gerade unter die superkluge Nase reiben, als der Wichtel im Müllcontainer zu poltern begann. Schnell stießen die beiden Detektive die Klappe auf und Orpheus ließ sich von ihnen heraushelfen. Er hatte Schnüffler am Nacken gepackt und klopfte sich und ihn sauber, als sie wieder auf dem Hof standen.

»Die Spur ist tatsächlich heiß«, sagte Orpheus erfreut. »Wir haben weihnachtliches Geschenkpapier gefunden.«

Elly sah den Wichtel zweifelnd an. »Weihnachtliches Geschenkpapier? Wofür soll das denn ein Beweis sein? Es ist doch vollkommen normal, wenn jemand am 24. Dezember weihnachtliches Geschenkpapier im Haus hat.«

»Ja-ha! Im Haus haben kann man das schon. Aber diese Leute hier haben das Geschenkpapier erstens im Müllcontainer und zweitens ist es kein irdisches Geschenkpapier«, sagte Orpheus.

»Was soll das heißen?« Niklas hüpfte von einem Bein aufs andere. Wenn sie hier noch lange rumstanden, würde er bald erfrieren.

»In diesem Müllcontainer liegt ein sehr großes Stück von dem Geschenkpapier, das unsere Weihnachtsmänner immer benutzen. Dieses himmlische Papier hilft mit. Schließlich haben wir da oben keine

Zeit, alle Geschenke eigenhändig zu verpacken. Das Papier ist sehr praktisch: Man legt es auf das Geschenk und es faltet sich in Windeseile in der richtigen Größe drum herum.«

»Von solchem Geschenkpapier habe ich noch nie etwas gehört«, sagte Elly.

»Natürlich nicht!«, entfuhr es dem Wichtel einen Tick zu laut. »Schließlich verwandelt es sich in ganz gewöhnliches Papier, wenn es auf der Erde ankommt. Man kann es nur noch am Geruch erkennen. Es riecht ganz leicht nach feucht gewordenem dreieinhalb Jahre altem Paprikapulver und etwas nach Radiergummikrümeln.«

Elly warf Nick einen Blick zu, der Bände sprach. Sie glaubte dem Wichtel offensichtlich kein Wort. Nach Paprikapulver und Radiergummikrümeln riechendes Geschenkpapier – in Ellys Augen war das kompletter Quatsch.

Niklas sah das anders. Warum sollte Orpheus sie anlügen? Schließlich brauchte er ihre Hilfe und nicht umgekehrt. Ganz abgesehen davon hatten sie schlicht und ergreifend nicht genug Zeit, um an all den merkwürdigen Merkwürdigkeiten, die heute schon passiert waren, zu zweifeln. Aber der Einzige, der das kapiert hatte, schien Schnüffler zu sein. Unbeeindruckt hoppelte er um eine große Ölpfütze herum über den

Hof Richtung Werkhalle. Kurz vor der Halle aber stoppte er, schnüffelte nach rechts und machte dann zwei große Sprünge auf einen uralten Pferdeanhänger zu.

Niklas, Elly und Orpheus folgten seinem Klopfen auf leisen Sohlen.

»Hat das Karnickel, äh, Verzeihung, ich meinte: der Hase jetzt etwa Pferde gewittert?«, flüsterte Elly.

Aber der Wichtel schüttelte den Kopf. »Ausgeschlossen. Eher Rentierkot.« Er spähte durch einen Ritz in den Pferdeanhänger und bestätigte sichtlich zufrieden: »Sag ich doch: Es ist eindeutig Rentierkot.«

Sie drehten sich um und schlichen auf die Werkhalle zu.

13.

Zwei Männer, viele Muskeln, null Geschmack

Die Halle war noch größer, als Nick vermutet hatte. Vier Autos konnten hier drin bequem repariert werden. Zwei standen links und waren mit weißen Folien abgedeckt. Ein drittes, eine ziemlich prächtige Luxuskarosse, wurde gerade von den zwei Mechanikern umlackiert. Die Scheiben, Räder, Stoßstangen und der Kühlergrill waren abgeklebt. Und die beiden Männer, die davorstanden, waren garantiert Kim Kabulski und Kai Knaili. Darin bestand für Niklas kein Zweifel.

»O Mann, Kai! Grasgrün ist totaler Mist!« Kim Kabulski war groß und steckte in einem blauen Overall, der auch nicht gerade frisch aus Omas Waschmaschine kam. Sein Gesicht zierte eine goldene Nickelbrille. In einem Ohr trug er einen ziemlich auffälligen Ohrring, der etwas zu groß geraten war für das schmale Gesicht von Kim Kabulski. »Schwarz, das wäre unauffällig und geschmacklich in Ordnung«, sagte der schmale Mann.

»Quatsch nicht, der Karren muss grasgrün werden.« Kai Knaili kicherte. Er sah aus wie ein echter Panzerknacker: Er war mindestens zwei Meter groß, hatte das blonde Haar mit einem Topf Haargel und einem Haargummi in einen Zopf gezwängt. Seine breiten Schultern drohten den ölig schimmernden Overall zu sprengen. In den Vordertaschen dieses Anzugs steckten Schraubenzieher und Maulschlüssel. Aber das Auffälligste an Kai Knaili waren seine Hände: groß wie zwei Bratpfannen, kräftig wie die Tatzen eines Grizzlys – und dreimal so dreckig. Der Kraft dieser Hände würde so leicht keine festgerostete Radmutter standhalten.

»Grasgrün ist mal was anderes, den werden wir spielend los!« Kai drückte die Pistole, ein grasgrüner Sprühregen senkte sich über den silbernen Kotflügel. »Jetzt zieh nicht so ein Gesicht!«

Kim Kabulski stand kopfschüttelnd in der Halle und sah sich die Bescherung an. »Ein grasgrüner Rolls-Royce mit orangenen Sitzbezügen! So können wir die Kiste niemals verkaufen! In der gesamten Geschichte des Automobils ist das die größte Geschmacksverirrung, die mir bekannt ist.«

»Du musst hier grad was von Geschmacksverirrung vorjammern! Wer von uns hat sich denn einen popelgrünen Ohrring gekauft?« Kai Knaili stellte die Sprühpistole nicht ab, während er auf seinen Kollegen einschimpfte. »Bring lieber die fertigen Karren zum Güterbahnhof. Um fünf wird der Waggon abgeholt. Was wir bis dahin nicht schaffen, bleibt hier!« Kai Knaili besprühte die Motorhaube.

Elly zupfte Nick am Ärmel. »Hast du das gesehen?«, wisperte sie.

»Was?«

»Den Ohrring!«, flüsterte Elly. »Der eine hat einen grünen Ohrring!«

Niklas nickte. Der Ohrring von Kim Kabulski war ihm auch gleich aufgefallen. Aber was hatte der Ohrring mit … Plötzlich fiel es Nick wieder ein: Der Weihnachtsmann hatte von einem netten jungen Mann in Joes Würstchenbude berichtet, mit dem er sich unterhalten hatte und der einen grünen Ohrring getragen hatte! Wenn das wirklich Kim Kabulski gewesen war, dann, ja dann könnte es doch sein, dass …

»Außerdem haben ihre Autos keine Nummernschilder, das ist doch äußerst merkwürdig!«, flüsterte Elly.

Auch Schnüffler schien sich immer mehr für die beiden Mechaniker zu interessieren. Er hoppelte in die Halle, schnüffelte an Kais Bein herum und klopfte mit den Hinterläufen kräftig auf den Boden.

»Der Mann hat das Geschenkpapier in der Hand gehabt!«, flüsterte Orpheus. »Sonst hätte Schnüffler nicht angeschlagen.«

Der Hase hoppelte weiter, schlüpfte geschickt unter der Luxuskarosse hindurch und versteckte sich hinter einem Blech, das an die Wand angelehnt war.

Niklas, Elly und Orpheus hielten den Atem an, als Schnüffler nun hinter dem Blech hervorkam und neben das Hosenbein des anderen Mechanikers sprang. Doch ehe der Hase mit seinen Hinterläufen auf den Betonboden der Werkstatthalle klopfen konnte, passierte es: Das Blech, hinter dem sich Schnüffler versteckt hatte, schwankte, bog sich langsam von der Wand weg – und krachte laut scheppernd zu Boden.

Nick, Elly und Orpheus zuckten zusammen. Kai ließ die Sprühpistole fallen, Kim sah sich nach dem Blech um und Schnüffler sprang vor Schreck in zwei gigantischen Sätzen genau auf Ellys Arm.

Das war ungefähr das Dümmste, was der Spürhase machen konnte. Denn Ellys Nase antwortete auf diese geballte Hasenhaar-Attacke prompt mit einem kräftigen:

»Haaaaaaaaa-tschi!«

14.

Fall gelöst. Fast.

»Was ist hier los?«

»Was macht ihr hier?«

»Das ist kein Kinderspielplatz!«

»Los, verschwindet, aber schnell, sonst mache ich euch Beine!«

Das war nicht gerade eine freundliche Begrüßung, fand Niklas. Natürlich nicht. Trotzdem versuchte Nick sich nicht von den beiden Mechanikern und Schlitzohren einschüchtern zu lassen. Schließlich war er Detektiv. Privatdetektiv! Er war Niklas Lohmar und gerade dabei, seinen ersten Fall zu lösen. Und zwar schneller als der Blitz. Er hatte die Rentiere zurückerobert und jetzt würde er auch noch die Geschenke und den Schlitten wiederbeschaffen. Denn so lautete sein Auftrag.

Statt schleunigst vom Autohof zu verschwinden, stellte Nick sich breitbeinig vor die beiden Männer in ihren Overalls hin, verschränkte die Arme vor der Brust und sagte: »Ich bin Niklas Lohmar, Privatdetektiv, und das sind meine Assistenten. Wir haben herausgefunden, dass Sie den Schlitten vom Weihnachtsmann geklaut haben. Abstreiten ist zwecklos! Wir haben Beweise. Ich könnte zur Polizei gehen. Aber ich biete Ihnen einen Handel an: Wir verzichten auf die Polizei, wenn Sie sofort den Schlitten und sämtliche Geschenke rausrücken!«

Nick war stolz auf sich. Er hatte das alles gesagt, ohne ein einziges Mal zu blinzeln. Das machte bestimmt einen besonders entschlossenen Eindruck. Dummerweise brannten seine Augen jetzt ein bisschen und er musste sie ein paar Mal zukneifen, damit sie nicht tränten.

Die beiden Mechaniker brachten keinen Ton heraus. Sie starrten Nick so feindselig an, dass er sich plötzlich fragte, ob dieser Kai mit seinen Riesenhänden und dieser Kim mit seinem merkwürdigen Geschmack in Sachen Ohrschmuck vielleicht nicht davor zurückschrecken würden, ihnen allen einfach den Hals umzudrehen. Genau so guckten sie jedenfalls.

Und als Orpheus auch noch sagte: »Na wird's bald?«, da platzte Kim Kabulski der Kragen.

»Was glaubt ihr eigentlich, wer hier vor euch …«,

begann der schmale Mann zu wettern und machte einen Schritt auf die vier Eindringlinge zu.

Aber Kai hielt seinen Kumpan zurück. »Er hat ja Recht, Kim. Er hat ja Recht.«

Kim drehte sich blitzschnell zu Kai um. »Was redest du denn da? Bist du jetzt total durchgedreht oder was? Mit den Wichten werden wir doch locker fertig!«

Aber Kai Knaili knuffte seinen Kollegen einmal kräftig in die Seite und raunte ihm zu: »Lass mich nur machen!« Und zu Niklas sagte er: »Ich gestehe lieber gleich: Wir haben die Geschenke. Aber ihr müsst uns versprechen, dass ihr die Polizei aus dem Spiel lasst.«

»Einverstanden«, sagte Nick.

»Kommt mit, sie sind unten im Keller!« Kai marschierte voraus zum Wohnhaus.

Niklas rieb sich die Hände. Detektiv zu sein, war doch viel einfacher, als er gedacht hatte! Er war eben ein Naturtalent! Erst die Rentiere, jetzt die Geschenke, das lief ja wie am Schnürchen. Wenn das so weiterging, konnte er den Laden seiner Eltern bald alleine schmeißen.

»Sollten wir nicht lieber vorsichtig sein?«, flüsterte Elly, als sie das Haus betraten.

»Ach was!«, zischte Nick zurück. »Wir haben die beiden doch in der Hand!« Warum war Elly immer nur so misstrauisch? Die gönnte ihm vermutlich nur nicht den Erfolg. Dabei wollte sie doch unbedingt, dass sie den Fall bis 18.00 Uhr gelöst hatten, damit sie pünktlich zum Krippenspiel kamen!

Sie stiegen hinter Kai Knaili die Treppe runter in den Keller. Der breite Mann schloss eine schwere Tür auf, blieb am Türrahmen stehen und sagte: »Bitte, tretet ein und überzeugt euch selbst!«

Das ließ sich Nick nicht zweimal sagen. Er betrat, gefolgt von Orpheus und Schnüffler, den Kellerraum.

»Nicht!«, entfuhr es Elly, aber da wurde sie auch schon unsanft gestoßen und stolperte ebenfalls in den Keller.

»Hahaha! Macht euch nicht schmutzig, Kinder!«, rief Kai von außen, knallte die Tür zu und drehte den Schlüssel zweimal im Schloss herum.

15.

Wichtel haben kurze Beine – Lügen auch

Der Keller roch modrig. Die Eisentür war fest verschlossen. Da war so schnell kein Entkommen. Das kalte Licht einer nackten Glühbirne beleuchtete den Raum, der voller Gerümpel war.

Und dennoch hatte Nick keine Angst. Er hatte kein bisschen Angst. Denn er war nicht allein. Bei ihm waren nicht nur Elly, Orpheus und Schnüffler. Nein, im Keller saßen auch noch zwei erwachsene Menschen auf zwei alten Pappkartons. Zwei Menschen, die Nick gut kannte: seine Eltern!

»Wie kommt ihr denn hierher?«, fragte seine Mutter.

Und seinen Vater interessierte brennend, wer dieser Junge im Wichtelkostüm sei.

Eine Menge Fragen prasselten auf Nick ein und er wusste nicht genau, wie er die alle beantworten sollte, ohne sich in tausend und einer Lüge zu verstricken. Schließlich hatte er keine Lust, seinen Eltern auf die Nasen zu binden, dass er in ihr Büro eingebrochen war, weil er wissen wollte, was sie ihm zu Weihnachten schenken würden.

Im Moment war ihm auch wichtiger, dass die beiden hier waren, denn sie würden sich nicht einfach so in einen alten Keller einer Autowerkstatt sperren lassen, ohne schon einen Plan in der Hinterhand zu haben, wie sie hier wieder herauskämen. Bestimmt mussten sie nur noch auf den richtigen Augenblick warten, damit sie die Schlittendiebe stellen und sofort der Polizei übergeben konnten. Möglicherweise hatten sie auch schon ein Sondereinsatzkommando alarmiert.

Aber als Nick sie danach fragte, ließen die beiden nur die Köpfe hängen und murmelten: »Diesmal sieht es schlecht aus, Nick. Sie haben uns die ganze Ausrüstung weggenommen: Handschellen, Fotoapparat, Handys, die Dietriche und sogar die Taschenmesser, Feuerzeuge und Autoschlüssel«, berichtete seine Mutter. »Aber nun sag schon, wie ihr hierherkommt!«

»Wir sind einer Bande von Schlittendieben auf der Spur«, sagte Elly. »Die haben dem Weihnachtsmann den Schlitten geklaut und Orpheus hat uns den Auftrag gegeben, den Schlitten wiederzubeschaffen. Tja, und unsere Haupttatverdächtigen spritzen da oben gerade ein Auto um. Und wenn mich nicht alles täuscht, handelt es sich dabei um ein geklautes Auto.« Elly setzte sich auf einen altersschwachen Fernseher, lehnte sich mit dem Rücken an die Wand und knurrte: »Und wir können nichts dagegen tun.«

»Er hat *euch* beauftragt?«, fragte Niklas' Vater. »Wie kommt er dazu, zwei Kindern einen Auftrag zu erteilen? Und wer ist das überhaupt?«

»Das ist Orpheus«, antwortete Nick.

»Orpheus ist ein Wichtel«, fügte Elly hinzu.

»Allerdings, das bin ich«, sagte Orpheus. »Und ich selbst habe auch ein paar Fragen.« Er sah streng von Nick zu Elly und dann wieder zu Nick.

Gerade als er den Mund aufmachen wollte, kam Olga Lohmar zu ihm herüber, zupfte ihn am Ärmel, beugte sich herunter und fragte: »Sind Sie wirklich echt?«

Orpheus verdrehte entnervt die Augen und fragte: »Wonach sehe ich für Sie denn aus?«

»Tja, um ehrlich zu sein«, sagte Olga Lohmar, »nach einem Gartenzwerg.«

Orpheus schüttelte den Kopf. »Und haben Sie schon mal davon gehört, dass ein Gartenzwerg einem Weihnachtsmann dient? Haben Sie schon mal einen lebendigen Gartenzwerg im Dezember in Europa gesehen? Nein, das haben Sie nicht. Denn Gartenzwerge haben mit den Weihnachtsmännern so viel zu tun wie Osterhasen mit Schornsteinfegern! Und überhaupt, was soll denn immer diese blöde Frage? Ich frage Sie ja auch nicht, ob Sie echt sind! Sie können einem Wichtel ruhig trauen. Denn Wichtel lügen nicht. Niemals, verstehen Sie? Deshalb brauchen wir auch immer etwas länger als andere, um einen Lügner zu durchschauen.« Plötzlich hielt er inne, pfiff einmal leise und sagte dann zähneknirschend: »Ich gebe daher die Frage zurück: Sind Sie echt? Sind Sie wirklich Olga Lohmar? Und vor allem: Ist Ihr Sohn echt?«

16.

Echte Beweise

Olga Lohmar starrte den Wichtelzwerg an. »Was haben Sie denn nun plötzlich gegen Niklas?«

»Nun, sagen wir mal so: Ich war vielleicht etwas leichtgläubig und voreilig. Aber Ihr Sohn ist auch wirklich gerissen!« Orpheus räusperte sich. »Wer von Ihnen ist nun der berühmte Detektiv Lohmar?«

Nicks Vater winkte lässig mit der linken Hand. »Das bin ich.«

Orpheus stellte sich vor Nick. »Und Sie, mein Herr?«

Nick schluckte. »Ich *werde* ein berühmter Detektiv! Ganz bestimmt! Außerdem habe ich doch die Rentiere aufgespürt! Und die Schlittendiebe habe ich auch entdeckt. Ich konnte sie nur noch nicht dingfest machen. Also bin ich auch ein Detektiv. Außerdem können Sie mich ruhig duzen, ich bin ja noch ein Kind. Und Kinder werden auf der Erde geduzt.« Er sah den Wichtel betreten an. Aber Orpheus schüttelte enttäuscht den Kopf.

»Ich fass es nicht! Ich fass es einfach nicht! Da wagt es dieser Dreikäsehoch doch tatsächlich, mich zu belügen! Mich, einen Wichtel im Sondereinsatz!«, rief Orpheus.

Und auch Nicks Eltern waren ziemlich erschüttert. »Hast du dich wirklich für Papa ausgeben?«, fragte Nicks Mutter kopfschüttelnd.

»Und das haben Sie geglaubt?«, fragte Nicks Vater. »Ist Ihnen denn gar nicht aufgefallen, dass Niklas ein Kind ist?«

Orpheus schnaufte genervt durch die Knubbelnase. »Wen würden Sie denn erwarten, wenn Sie im Haus von Lohmar, im Büro von Lohmar einen Menschen treffen, der sich als Lohmar vorstellt?« Und etwas kleinlauter gab er zu: »Außerdem ist es mein erster Sondereinsatz auf der Erde.«

Dann warf er den Zipfel seiner Mütze mit einer schwungvollen Kopfbewegung nach hinten und sah Philip Lohmar sehr ernst an. »Ich möchte nicht noch einmal an der Nase herumgeführt werden. Sind Sie wirklich der berühmte Detektiv Lohmar?«

Philip Lohmar nickte. »Der bin ich.«

»Können Sie mir das beweisen?«, fragte der Wichtel.

»Das kann ich.«

Nicks Vater stand auf, holte aus seiner Hosentasche eine kleine Tüte Gummibärchen und riss sie auf. Er legte den Kopf in den Nacken und balancierte das Gummibärchen auf seiner Nasenspitze.

»Was soll das?«, flüsterte Nick seiner Mutter ins Ohr. »Macht Papa neuerdings auch Zaubertricks?«

»Du solltest es eigentlich nicht vor deinem achtzehnten Geburtstag erfahren«, flüsterte seine Mutter zurück. »Das ist einer der dreiundzwanzig Beweise dafür, dass Philip Lohmar Philip Lohmar ist. Der echte Philip Lohmar kann ein Gummibärchen auf seiner Nase balancieren und mit einem Stups macht es einen Salto und landet genau in seinem Mund.«

Nicks Vater machte eine fast unmerklich leichte, aber sehr schnelle Kopfbewegung. Das Gummibärchen flog wie von einem Trampolin getrieben in die Luft, machte einen sauberen Salto und landete genau im Mund des Detektivs.

»Brauchen Sie weitere Beweise?«, fragte Nicks Vater Gummibärchen kauend.

»Danke, das reicht mir. Sie sind echt.« Orpheus drehte sich um und knurrte: »Im Unterschied zu Ihrem Sohn und seiner ebenfalls lügenden Freundin!«

Elly wurde knallrot. »Ich lüge nie! Fast nie! Ich meine, es war das erste Mal! Oder fast!«

Aber Orpheus schien das alles egal zu sein. Er hockte sich im Schneidersitz auf den Boden, stellte seine Aktentasche neben sich und pfiff einmal kurz. Schnüffler hüpfte auf seinen Schoß und ließ sich ausgiebig streicheln.

»Tut mir leid«, murmelte Niklas. »Es tut mir wirklich leid, dass ich Sie angelogen habe. Aber meine Eltern hätten Ihren Fall eh nicht übernehmen können! Die waren ja gar nicht da.«

Auch Elly entschuldigte sich wortreich beim Wichtel. Doch Orpheus sah sie gar nicht an. Er streichelte Schnüffler und schwieg.

Niklas hatte natürlich ein schlechtes Gewissen. Einen Wichtel anzulügen war anscheinend schlimmer, als einen Menschen anzulügen. Jedenfalls schien ihm Orpheus das wirklich krummzunehmen.

»Hätte ich mich direkt an den Echtheitsbeweis gehalten, säße ich jetzt nicht ratlos in dieser Sackgasse«, knurrte der Wichtel.

Aber da schaltete sich Nicks Vater ein. »Es war sicherlich nicht richtig von Niklas, dass er sich für mich ausgegeben hat. Und deshalb werde ich auch noch ein Hühnchen mit ihm rupfen.« Er warf Nick einen strengen Blick zu. »Aber diese Typen da oben sind wirklich mit allen Wassern gewaschen. Sie stehen schon länger unter unserer Beobachtung. Doch heute haben wir uns voll und ganz um den Auftrag von Herrn Schmitz von Schmitzenstein gekümmert. Wir sollten seinen Rolls-Royce bewachen, während er mit seiner Frau einen Weihnachtsbaum kauft.«

Philip Lohmar erhob sich und tigerte im Keller auf und ab. »Das war ein sehr gut bezahlter und einfacher Auftrag. Versagt haben wir trotzdem: Der Wagen ist vor unseren Augen gestohlen worden! Wir haben uns eine Sekunde von einer Frau ablenken lassen, die uns nach dem Weg fragte – schon war die Kiste weg.«

»Wir sind natürlich sofort hinterher.« Olga Lohmar strich sich eine dunkle Haarsträhne aus der Stirn. »Aber bei Joes Würstchenbude hatte sich der Wagen plötzlich in Luft aufgelöst.«

»Unser Auto ist bestimmt nicht langsam und wir hatten auch gleich die Polizei verständigt. Ein silbergrauer Rolls-Royce ist ja ziemlich auffällig«, fuhr Philip Lohmar fort. »Aber die Karre war einfach wie vom Erdboden verschwunden. Tja, wir haben dann bei Joes Würstchenbude gewendet. Und da ist uns Kim Kabulski fast ins Auto gestolpert. Wir sind sofort zur Opti-Mopti-Werkstatt gefahren und haben uns auf die Lauer gelegt.«

»Wir waren bestens versteckt. Ausgerüstet mit Kamera, Handschellen und allem, was dazugehört!« Nicks Mutter sah zu Orpheus hinüber. »Wir sind wirklich nicht erst seit gestern Detektive. Aber Kai Knaili hat uns sofort entdeckt, gefesselt und hier eingesperrt. Er muss mit einer Art lautlosem Hubschrauber gekommen sein – gespenstisch.«

»Sie sehen: Das kann sogar dem echten Lohmar passieren«, schloss Nicks Vater.

»Und der Rolls-Royce?«, fragte Elly. »Ist das etwa die Luxuskarosse, die Kabulski und Knaili gerade grasgrün lackieren?«

»Grasgrün?« Philip Lohmar erbleichte. »Das passt ja absolut nicht zu den Sitzbezügen!«

Elly sprang auf. »Wir haben noch mehr herausgefunden! Um fünf Uhr sind sie am Güterbahnhof und wollen ihre Autos auf einen Waggon verladen. Würde mich nicht wundern, wenn der Rolls-Royce auch dazugehört. Und außerdem noch der …«

»… Schlitten vom Weihnachtsmann!«, vollendete Nick Ellys Satz. Er strahlte. Sie hatten den Fall gelöst! Es war glasklar. »Kai hat den Rolls-Royce geklaut!«

»Das vermuten wir auch«, sagte seine Mutter.

»Und dann ist er damit zu Onkel Joes Würstchenbude gefahren, hat ihn auf dem Schlitten geparkt und unter dem Weihnachtspapier versteckt!«

Nick konnte gar nicht so schnell sprechen, wie seine Gedanken über den Fall flogen. Es war so klar! Es war alles gelöst!

»Das würde erklären, warum die beiden weihnachtliches Geschenkpapier im Container haben«, bestätigte Elly.

»Genau! Kim war der Mann, der Klaus den 127sten abgelenkt hat! Beweis dafür …« Nick sah hinüber zu Elly. Er grinste. Sie nickte. Und dann sagten sie beide wie aus einem Munde: »… ist der grüne Ohrring!«

»Dieser Ohrring ist unserem Weihnachtsmann aufgefallen«, fuhr Nick fort. »Und noch während der Weihnachtsmann mit Kim über Würstchen geschwafelt hat, ist Kai mit dem Schlitten samt Rolls-Royce weggeflogen! Anschließend hat er die Rentiere zum Weihnachtsmarkt gebracht, um die Spuren zu verwischen.«

Nick strahlte. Er war eben doch ein Detektiv. Mindestens so gut wie seine Eltern! »Verstehen Sie nicht, Orpheus? Ich habe den Fall gelöst!«

Aber Orpheus schüttelte nur den Kopf und murmelte: »Unmöglich.«

Nick wurde allmählich sauer. Okay, er hatte sich vielleicht unmöglich benommen. Aber er hatte sich entschuldigt! Und Elly auch. Und sie hatten den Fall gelöst. Warum tat der Wichtel dann immer noch so beleidigt?

Niklas wollte Orpheus gerade ins Gesicht sagen, wie er das fand und was er ihn mal könne, als der Wichtel aufstand und sagte: »Ich entziehe euch hiermit diesen Fall! Ihr seid keine Detektive, sondern zwei schlecht erzogene Kinder.«

»Aber …«, entfuhr es Nick.

Doch als der Wichtel ihn ansah, verstummte er. Jemand, der so guckte wie Orpheus, war wirklich sauer.

Der Wichtel drehte sich um und knurrte: »Dennoch ein schönes Weihnachtsfest. Wenngleich ich für die Geschenke schwarzsehe. Ich verabschiede mich.«

»Äh, Moment, das geht nicht.« Nicks Mutter lächelte etwas gequält. »Sie können nicht einfach gehen: Die Tür ist verschlossen, das Fenster vergittert, wir haben schon alles versucht.«

Orpheus drehte sich zu ihr um. »Ach, Sie glauben wohl noch immer nicht, dass ich echt bin, oder?« Er zog einen Schlüsselbund aus der Aktentasche. »Menschliche Schlösser sind für einen echten Wichtel kein Hindernis. Nehmen Sie das als einen Echtheitsbeweis. Denn im Unterschied zu einigen anderen in diesem Keller bin ich wirklich echt!«

Er schloss die schwere Eisentür auf, pfiff Schnüffler zu sich und spazierte aus dem Keller.

Die zwei Detektive und die zwei Kinder standen einen Augenblick sprachlos da und starrten auf die offene Kellertür.

»Das gibt's ja gar nicht«, flüsterte Olga Lohmar überwältigt.

»Jetzt aber nichts wie raus hier!« Philip Lohmar warf einen Blick auf die Uhr. »Wenn das, was Elly und Nick gehört haben, stimmt, haben wir noch genau elf Minuten und 23 Sekunden Zeit, bis die Autos weg sind!«

17.

Der Zug

Es war allerhöchste Zeit. Als die Lohmars samt Nick und Elly auf den Hof der Opti-Mopti-Werkstatt traten, war nicht nur die Sonne untergegangen – auch alle Autos waren vom Gelände verschwunden. Kim Kabulski und Kai Knaili hatten ganze Arbeit geleistet. Die Werkhalle lag dunkel und verlassen da. Eine Straßenlaterne warf ihr mattes Licht auf den Hof. Und das verrostete Tor war abgeschlossen.

»Schafft ihr es da rüber?« Nicks Vater musterte Nick und Elly. »Sonst holen wir euch später hier ab.«

»Red keinen Quatsch! Wir lassen die Kinder doch nicht noch einmal allein! Natürlich schaffen sie das.« Olga Lohmar schnappte sich ihren Sohn, hob ihn hoch, sodass Nick die regennasse, kalte Oberkante des Tors zu fassen kriegte. Nick zog sich hoch, schwang sich darüber und sprang auf der anderen Seite hinunter. Elly und seine Eltern folgten ihm.

Nick wusste, dass seine Eltern sportlich waren. Aber die Detektive sprinteten derart schnell um die Ecke in eine Seitenstraße, wo ihr Dienstwagen unter dem Schein einer Straßenlaterne auf sie wartete, dass Niklas glatt die Luft wegblieb.

Nicks Mutter klappte gerade den Türgriff des Autos nach außen und drehte ihn herum, als Nick und Elly keuchend ankamen.

Zum Glück ließ sich der Wagen auch ohne Schlüssel öffnen. Auf der Unterseite des Türgriffs kam ein winziges Zahlenschloss zum Vorschein. Olga Lohmar tippte fünf Zahlen ein und schon sprang die Zentralverriegelung auf. Elly staunte nicht schlecht.

»Los geht's!« Olga schwang sich auf den Fahrersitz, schloss den Wagen kurz, sodass er ansprang. Und während sie kräftig aufs Gaspedal trat und durch die geheimsten Schleichwege der Stadt Richtung Güterbahnhof düste, schnappte sich Philip Lohmar das Autotelefon und telefonierte

1. mit der Polizei (falsch verbunden mit dem Rauschgiftdezernat)
2. mit Herrn und Frau Schmitz von Schmitzenstein (sie sollten sich ruhig verhalten)
3. noch einmal mit der Polizei (richtig verbunden mit Kommissarin Hirsch)

4. noch einmal mit den Schmitzensteins (sie sollten doch sofort Anzeige erstatten)
5. mit dem Anwalt der Schmitzensteins (er sollte bei der Anzeige helfen und der Polizei Beine machen)
6. mit den Eltern von Elly (die längst zu Hause sein sollte, um ihr Maria-Kostüm anzulegen und die Oma und die Tante Hilde zu begrüßen)
7. noch einmal mit der Kommissarin (ob sie schon am Güterbahnhof sei und warum nicht)
8. mit der Verwaltung des Güterbahnhofs (vergeblich – hatte keiner mehr Lust ans Telefon zu gehen, schließlich war der 24. Dezember!)
9. mit der Bahnpolizei (die war aber gerade in Stade dabei, einem mehrfachen Schwarzfahrer die Ohren lang zu ziehen, und konnte den Detektiv nicht zum Lokomotivführer des Güterzugs durchstellen)

Als Philip Lohmar seinen Telefonanfall endlich beendet hatte, bogen sie schon auf die Straße, die zum Güterbahnhof führte, ein. Nick sah zwischen den Häusern immer wieder den dunklen Güterzug, der vom Licht, das aus den Fenstern der Häuser drang, schwach beleuchtet wurde.

»Das muss er sein!«

»Ist der ganze Güterzug voll mit Diebesgut?«, fragte Elly. Der Zug war ziemlich lang.

»Klar, der ist voll mit den Weihnachtsgeschenken!«, rief Nick.

Aber sein Vater schüttelte nur kurz den Kopf. »Soooo dicke Fische sind Knaili und Kabulski nun auch wieder nicht. Die beiden hängen bestimmt nur einen oder zwei Waggons an diesen Zug.«

Nicks Mutter deutete auf das Ende des Gleises: »Da sind sie.«

Am Ende des Gleises standen vor der Rampe einer uralten, halb verfallenen Lagerhalle zwei Autotransportwaggons, die mit verschiedenen Autos der absoluten Oberklasse bestückt waren. Darunter auch ein Luxusschlitten, dessen Seitenfenster noch mit Papier verklebt waren.

»Sie haben es tatsächlich getan!«, murmelte Philip Lohmar fassungslos. »Die haben den Rolls-Royce grasgrün lackiert!«

Nicks Mutter bog auf eine unbeleuchtete Nebenstraße ein. Sie schaltete die Scheinwerfer auf schwaches Standlicht und fuhr vorsichtig am Güterbahnhof vorbei, um ihren Wagen in einem Feldweg zu parken. Dann drehte sie sich zu Nick und Elly um. »Ihr bleibt hier im Auto! Alles andere ist zu gefährlich.«

Aber Nick dachte gar nicht daran. Er ließ sich doch nicht ausgerechnet bei seinem ersten echten Fall die Verhaftung der Diebe entgehen! Hier gab es was zu lernen! Aber er wusste, dass seine Eltern einen ihrer völlig verrückten Erziehungsanfälle bekommen würden, wenn er jetzt den Mund aufmachte. Deshalb hielt er lieber die Klappe und knurrte nur: »Dann lasst uns wenigstens eine Taschenlampe hier, sonst kriegen wir noch Angst!«

Sein Vater griff in die Seitentasche der Tür, reichte ihm eine Lampe nach hinten und stieg aus. Niklas wartete noch, bis seine Eltern im Dunkel verschwunden waren. Dann sah er zu Elly hinüber. »Was ist, kommst du mit? Oder hast du Angst?«

»Angst?«, fragte Elly schnippisch. »Natürlich habe ich Angst!« Sie öffnete die Tür und stieg aus. »Wäre ja auch bescheuert, vor zwei Autodieben, die uns im Keller versauern lassen wollten, keine Angst zu haben. Aber deshalb lasse ich mich bestimmt nicht davon abhalten, den Fall zu lösen.«

Nick musste grinsen. Irgendwie war Elly doch viel besser drauf, als er immer gedacht hatte. Er hätte ihr jedenfalls nie und nimmer zugetraut, dass sie ohne mit der Wimper zu zucken gegen ein ausdrückliches Verbot seiner Eltern verstoßen würde.

Im Schein der Taschenlampe rannten sie den Feldweg entlang bis zur Rückseite des Schuppens, bogen um die Ecke und wären Kim Kabulski fast in die Arme gelaufen. Der stand auf der Rampe und drehte sich gerade um. Im letzten Augenblick zog Elly Nick noch unter die Rampe. Sie robbten sich darunter vorwärts, bis sie neben den großen Rädern des Autotransportwaggons hockten.

»Auf geht's, der Waggon ist angekuppelt!«, hörten sie Kai Knaili rufen und dann war da plötzlich das Geräusch einer Polizeisirene.

»Die Bullen!«, rief Kim, der direkt über ihnen zu stehen schien.

Niklas kapierte nicht, warum seine Eltern die beiden Halunken nicht schon längst gefangen genommen hatten. Warteten die mal wieder auf den richtigen Augenblick? Oder hatten sie sich schon wieder von Kabulski und Knaili überrumpeln lassen?

»Guck mal!«, flüsterte Elly. Sie leuchtete mit der Taschenlampe in eine offene Fensterluke, die links von ihnen den Blick in den Keller der Lagerhalle frei gab.

Nick guckte. Nick schluckte. Und dann entfuhr es ihm viel zu laut: »Da!« Denn da waren sie: die Weihnachtsgeschenke! Unglaublich viele Weihnachtsgeschenke. Der ganze Keller schien voll zu sein.

Elly sah ihn zornig an und legte den Zeigefinger an die Lippen. Aber es war zu spät: Anscheinend hatte Kim Kabulski Nicks Ausruf gehört. Jedenfalls brummte er: »Was war das denn?« Er rief seinen Kumpel herbei.

»Los, wir hauen ab!«, flüsterte Nick und wollte schleunigst unter der Rampe zurückrobben.

Aber Elly hatte ein bessere Idee: »Hier lang!«, flüsterte sie, schaltete die Taschenlampe aus und stürzte sich kopfüber durch die Luke in das finstere Meer aus Weihnachtsgeschenken. Nick folgte ihr, ohne zu zögern.

18.

Der Keller

Im Keller unter den Weihnachtsgeschenken war es stockfinster und die Kante eines Kartons bohrte sich in Nicks linken Oberschenkel. Aber er wagte es nicht, sich zu bewegen. Denn über ihm, direkt vor der Luke, huschte der Lichtkegel einer Taschenlampe vorbei.

Kais raue Stimme sagte: »Mensch Kimi, deine Nerven machen dich noch mal verrückt. Da ist niemand!«

Aber dann ging oben ein ziemliches Geschrei los.

»Kai, pass auf! Die Alte!«, rief Kim.

»Von wegen Alte!«, sagte Philip Lohmar. Und dann hörte Niklas das typische

klick klack

der Handschellen. Inzwischen war auch schon das blinkende Blaulicht der Polizeiwagen zu sehen.

»Unglaublich.« Elly schaltete die Taschenlampe wieder ein.

Auch Nick rieb sich die Augen. Der Keller der Lagerhalle war so groß wie die Halle selbst. 24 Betonsäulen, die in drei Reihen hintereinander standen, stützten die Decke. Und der gesamte Raum zwischen den Säulen war vollkommen ausgefüllt mit einem Meer aus Geschenken.

Nick setzte sich bequemer auf ein großes Paket. Er griff nach einem kleinen Päckchen und schnüffelte am Geschenkpapier. Es roch nach altem Paprikapulver und Radiergummikrümeln. Genau wie Orpheus gesagt hatte.

»Oh Mann, Elly. Wir sind ganz nah dran!« Nick lehnte sich an die Wand unter der Fensterluke. »Wir haben die Rentiere und die Geschenke.«

Elly seufzte. »Aber den Schlitten, den haben wir nicht.«

»Der ist bestimmt auch irgendwo hier«, sagte Nick. »Kim und Kai haben den ganz sicher geklaut, schließlich haben wir in ihrem Müllcontainer das Geschenkpapier gefunden und hier, wo sie ihre Autos verladen, finden wir die ganzen Weihnachtsgeschenke!«

»Selbst wenn sie ihn geklaut haben: Jetzt, wo sie verhaftet wurden, verraten sie uns bestimmt nicht, wo sie ihn abgestellt haben. Und außerdem brauchen sie das ja auch gar nicht zu gestehen, weil es sowieso niemand glauben würde.« Elly seufzte. »Das war's, Nick. Wir können den Fall nicht lösen. Lass uns abhauen, dann schaffen wir es wenigstens noch rechtzeitig zum Krippenspiel.«

Nick schüttelte den Kopf. Das konnte doch nicht wahr sein! Sie saßen auf einem Meer aus Weihnachtsgeschenken, hatten Rentiere auf dem Dach geparkt und sollten jetzt so tun, als wäre nichts gewesen? So knapp vor dem Ziel wollte er nicht einfach aufgeben! Nein, nicht Niklas Lohmar, der zukünftige Meisterdetektiv!

»Außerdem haben wir gar keinen Auftrag mehr, falls du das vergessen hast.« Elly stand auf.

Das Neonlicht an der Decke der Lagerhalle flackerte plötzlich auf. Und eine bekannte Stimme sagte: »Es könnte durchaus sein, dass ihr den doch noch habt! – Gut gemacht, Schnüffler.«

Da sahen sie ihn. Er stand rechts im Türrahmen der Kellertür: ein kleiner Mann, der von ferne an einen Gartenzwerg erinnerte. Er hatte eine rote Zipfelmütze auf dem Kopf, eine dicke Hornbrille auf und einen weißen Bart unter der Nase und eine braune Aktentasche in der linken Hand.

»Orpheus!«

Der Wichtel blickte auf seine Fußspitzen. »Klaus der 127ste sagt, dass ich eure Entschuldigungen annehmen soll. Ob berühmt oder nicht, sagt er, die beiden haben gute Detektivarbeit geleistet. Tja, also, ihr habt den Auftrag doch noch, denn schließlich haben wir den Schlitten ja noch nicht gefunden.« Der Wichtel zog eine Taschenuhr an einer langen Uhrkette aus der Innentasche seiner Jacke und klappte sie auf. »Wir haben noch genau 34 Minuten Zeit. Wenn Klaus der 127ste bis dahin den Schlitten hat, kann er die Geschenke noch rechtzeitig austragen.« Und etwas leiser fügte Orpheus hinzu: »Zumindest behauptet er das. Aber so wie es aussieht, habt ihr ja mal wieder einen Volltreffer gelandet.« Orpheus ließ seinen Blick über das Geschenke-Meer schweifen.

Nick war zum Heulen zumute. Sie hatten die Geschenke, den Auftrag, die Rentiere und sie hatten einen echten Weihnachtsmann auf ihrer Seite. Aber er hatte nicht den leisesten Schimmer, wo Kai und Kim den Schlitten versteckt haben könnten.

»Wie ein Volltreffer sieht mir das leider nicht aus. Ich habe keine Ahnung, wo der Schlitten ist.«

Aber Orpheus zwinkerte ihm zu. »Nur nicht den

Kopf hängen lassen, Kommissar Niklas!« Er setzte Schnüffler auf das Geschenkpapier. »Mit ein bisschen Glück hat der Schlittendieb beim Abladen der Geschenke geholfen. Dann kann Schnüffler endlich seine Spur aufnehmen!«

Elly und Nick sahen sich an. Dieser Wichtel schien nicht mehr auf dem Laufenden zu sein: Sie hatten die Täter doch schon längst. Und sie wussten, zu wem Schnüffler sie führen würde, wenn das Hasentier überhaupt etwas aufspüren konnte.

»Kim und Kai sind oben und werden gerade von meinen Eltern und der Polizei in die Mangel genommen«, sagte Nick. »Aber die werden uns niemals sagen, wo sie den Schlitten versteckt haben. Auch wenn Schnüffler noch so viel an ihnen herumschnüffelt.«

Orpheus winkte ab. »Die beiden Herren können den Schlitten nicht gestohlen haben.«

»Nicht?« Niklas starrte Orpheus an. War der nun von allen guten Geistern verlassen? »Aber die Beweise haben Sie doch selbst gesehen und gehört: der heimliche Hinweis auf die Werkstatt, das Geschenkpapier im Müllcontainer, der grüne Ohrring, der Rentierkot im Pferdetransportanhänger und jetzt auch noch die Geschenke hier. Wie viele Beweise brauchen Sie denn noch?«

»Indizien. Das sind alles nur Indizien. *Hin*weise, aber keine *Be*weise.« Orpheus war sich seiner Sache anscheinend sicher. »Ich habe doch schon im Keller gesagt, dass Kabulski und Knaili unmöglich den Schlitten gestohlen haben können. Die beiden haben dem Schlittendieb vermutlich nur geholfen. Aber sie selbst sind viel zu jung, um den Schlitten zu führen.«

»Was heißt da ›zu jung‹?«, rief Elly. »Das sind doch zwei erwachsene Männer!«

Aber Orpheus winkte ab. »Um einen Weihnachtsschlitten zu fahren, braucht man jede Menge Erfahrung. Lebenserfahrung. So 70 bis 80 Jahre sollte man schon auf dem Buckel haben. Außerdem hat keiner der beiden einen Führerschein für so einen Schlitten.« Orpheus rückte seine Hornbrille zurecht. »Wir haben das überprüft.«

Niklas verdrehte die Augen. »Führerschein – die Schlittendiebe machen doch nicht erst einen Führerschein, bevor sie den Schlitten klauen!«

Orpheus lächelte. »Eben. Deshalb können sie den Schlitten auch nicht fliegen. Irgendjemand müsste ihnen erst zeigen, wie das geht. Und das kann gut und gerne 40 bis 60 Jahre dauern.«

Schnüffler hatte sich inzwischen weit hinaus aufs Meer der Geschenke gewagt. Nun aber kämpfte er sich zurück zu Orpheus und wackelte mit dem linken Ohrlöffel.

»Er hat eine Spur! Auf geht's!« Orpheus klemmte seine Aktentasche unter den Arm. Die drei folgten dem Spürhasen aus dem Keller der Lagerhalle.

19.

Schaurig ist's, übers Moor zu hoppeln

Die Spur führte ins Moor.

Zum Glück hatte Schnüffler ein weißes Fell, sonst hätte der Hase seinen Wichtel und die beiden Möchtegern-Detektive sicherlich abgehängt. Denn schon nach wenigen Metern verließ er die Straße und bog in einen unbeleuchteten Feldweg ein. Elly schaltete die Taschenlampe wieder ein und Orpheus holte eine uralte Sturmlaterne aus seiner Aktentasche.

»Sind Sie sicher, dass das Licht dieser Funzel ausreicht?«, fragte Elly.

Aber Orpheus schüttelte die Laterne kurz und schon leuchtete eine bläuliche Flamme auf, die so weit durch Nacht und Nebel schien, dass Elly die Taschenlampe von Nicks Vater wieder ausknipsen konnte. Sie rannten hinter Schnüffler her, bogen auf schmalere

Wege ein, bis sie schließlich auf einem Trampelpfad landeten, der sie immer tiefer ins Moor führte.

»Langsamer!«, keuchte Niklas. »Wir müssen langsamer gehen!« Das Moor war nicht ungefährlich: Die Wege waren schmal und vom Nieselregen der Vorweihnachtstage aufgeweicht. Es war stockfinster und wenn sie nicht richtig aufpassten, konnten sie leicht neben dem Weg landen. Und das hieß: im Moor. Wer da nur einen Schuh verlor, hatte noch Glück!

Aber Orpheus schien Nick nicht zu hören. »Bin gespannt, zu wem er uns führt«, murmelte der Wichtel und verfolgte weiter den weißen Hasen, der hinter einer Kurve verschwand.

»Oje, Schnüffler ist bestimmt ins Moor gehoppelt!«, sagte Elly.

Aber das war er nicht. Als sie an die Wegbiegung kamen, saß der Hase mitten auf dem Weg, schnüffelte und klopfte mit den Hinterläufen.

»Gut gemacht, Schnüffler!«, lobte Orpheus.

»Was ist?«, fragte Nick. Er konnte weder einen Schlitten noch einen Schlittendieb im Schein der Wichtellaterne erkennen.

Orpheus legte einen Finger an die Lippen. »Nicht so laut!«, flüsterte er. »Wir sind schon nah dran. Ich muss die Lampe etwas runterdrehen, sonst verrät uns womöglich der helle Schein.«

»Aber ich sehe nichts!«, flüsterte Elly. »Wir sind nur im Moor! Hier draußen wohnt doch eh keiner, mal abgesehen von …«

Sie gingen ein paar Meter weiter, da brach sich ein Lichtschein in den nächtlichen Nebelschwaden. Niklas lief es heiß und kalt den Rücken runter. Sie steuerten auf ein kleines Haus zu, das Niklas nur allzu gut kannte. Natürlich kannte er es. Der Bewohner war einer der Gründe, warum Niklas Lohmar selbst bei strahlendem Sonnenschein nicht gern im Moor spazieren ging. Es war das Haus von Doktor Knecht, dem fiesen Hausmeister seiner Schule.

20.

Doktor Knecht

»Wisst ihr, wer da wohnt?«, fragte Orpheus.

Elly und Niklas nickten.

»Da wohnt unser Hausmeister«, sagte Elly. »Die meisten haben Angst vor ihm, aber eigentlich kann er auch ganz nett sein.«

»Nett?« Niklas schnappte nach Luft. »Doktor Knecht und nett? Zu dir ist er vielleicht nett, aber zu den meisten ist er alles andere als das! Glauben Sie mir, Orpheus: Keiner kann ihn leiden, mal abgesehen von Elly.«

Das Haus war klein und wirkte schon deshalb verwunschen, weil es so verwinkelt war: An das kauzige Gebäude mit dem spitzen Dach in der Mitte waren links ein fensterloser Turm und rechts eine alte Scheune angebaut. Die unteren Teile des Turms und des Häuschens waren dicht mit Moos bewachsen. Drei Wege führten zu diesem Haus, zwei Fußwege und ein Feldweg, auf dem man durch einen dichten Birkenwald zur Landstraße gelangte. Aus der offenen Scheunentür fiel Licht, ansonsten war das Haus stockfinster. Je näher sie kamen, desto lauter hörten sie den Hausmeister in der Scheune sägen und schimpfen. Dass Doktor Knecht auch an Heiligabend etwas zu schimpfen hatte, überraschte Niklas nicht. Dass er ganz allein zu sein schien, wunderte ihn auch nicht. Aber dass er ausgerechnet an Weihnachten freiwillig arbeitete, das fand Niklas wirklich erstaunlich. Denn in der Schule reparierte Doktor Knecht nur dann etwas, wenn es wirklich sein musste und die Direktorin es höchstpersönlich anordnete.

Schnüffler hoppelte voraus. Aber plötzlich machte der Hase kehrt, sprang dem Wichtel Orpheus auf den Arm. Sein Fell sträubte sich.

»Immer mit der Ruhe«, murmelte Orpheus. »So schlimm kann er doch nicht sein, dieser Hausmeister.« Sie schlichen sich an die alte Scheune heran und spähten durch die Ritzen zwischen den Brettern.

Und was sie da sahen, das konnten sie kaum glauben:

Niklas konnte kaum glauben, dass es einen so großen Schlitten gab. Elly konnte kaum glauben, dass

Doktor Knecht wirklich versuchte diesen Schlitten mit einer Kreissäge und einer Axt zu Kleinholz zu verarbeiten. Und Orpheus konnte kaum glauben, dass der große Mann mit dem dunklen Vollbart der Hausmeister der Schule war.

»*Das* ist euer Hausmeister?«, flüsterte er. »Ja, wisst ihr denn wirklich nicht, wer das ist?« Der Wichtel schüttelte fassungslos den Kopf. Diese Menschen schienen von allen guten Geistern verlassen zu sein. »Wie habt ihr den genannt?«

»Doktor Knecht«, flüsterte Elly.

»Und der Vorname?«

»Keine Ahnung, Rudolf oder so.« Niklas hatte nicht den leisesten Schimmer, was der Vorname hier zur Sache tun sollte.

»Könnte es auch Ruprecht sein?«, fragte Orpheus.

»Ja, das ist es: Ruprecht, so heißt er«, sagte Elly.

»Ruprecht Knecht – Knecht Ruprecht!«, zischte Orpheus. »Habt ihr noch nie von Knecht Ruprecht gehört?«

Elly und Niklas sahen sich im schwachen Lichtschein, der durch die Ritzen aus der Scheune drang, an. Natürlich kannten sie die Geschichten vom finsteren Knecht Ruprecht, der den Weihnachtsmann begleitete und die Kinder versohlte, wenn sie nicht brav gewesen waren. Aber diese Geschichten hatte

Nick bisher für Märchen gehalten. Andererseits hatte er auch die Geschichten von den Wichteln und Weihnachtsmännern für Märchen gehalten. Und wenn es wirklich wahr war, dass Orpheus echt war, warum sollte dann nicht auch Knecht Ruprecht …? Niklas wurde es schwindelig. Orpheus packte ihn und Elly fest an den Armen und flüsterte: »Ihr tut jetzt genau das, was ich sage: Nehmt meine Laterne und Schnüffler, rennt zurück, so schnell ihr könnt, und alarmiert Klaus den 127sten. Er sitzt wahrscheinlich noch bei Joe. Schnell, ehe Ruprecht Lunte riecht.«

Nichts lieber als das, dachte Niklas, aber gerade als er sich herumdrehen wollte, spürte er eine schwere Männerhand auf seiner Schulter.

»Sieh mal einer an. Wen haben wir denn da?«, fragte Doktor Knecht mit seiner tiefen, scheppernden Stimme und drehte Niklas und Elly zu sich herum.

21.

Ertappt, erwischt und geschnappt

Niklas wollte sich das natürlich nicht eingestehen, aber ganz tief in seinem Inneren konnte er sich pausenlos dafür ohrfeigen, dass er diesen Fall übernommen hatte. Das war ein klarer Fall von Größenwahn gewesen! Detektive sind harte Kerle, möglichst stark oder wenigstens schnell, damit sie weglaufen konnten, falls sie beim Schnüffeln erwischt werden sollten. Aber Niklas war weder ein harter Kerl noch war er schnell genug. Jedenfalls nicht für Doktor Knecht.

Der große, alte Mann hielt ihn mit seiner linken, Elly mit seiner rechten Pranke fest. Und den armen Schnüffler hatte er schneller in eine Holzkiste gesteckt, als Orpheus eine Spürhaseneinsperrverbotsurkunde aus seiner Aktentasche ziehen konnte.

»Also gibt es heute doch noch Hasenbraten. Na, das wird ein Fest«, freute sich der finstere Mann.

Er schob Niklas und Elly in die Scheune, in der der

riesenhafte Schlitten des Weihnachtsmanns stand. Offensichtlich hatte Knecht mit verschiedenen Werkzeugen am Schlitten herumgedoktert: Eine ziemlich zahnlose Kettensäge und eine Axt, deren Stil abgebrochen war, lagen auf dem Kutschbock des Schlittens. Eine Schlagbohrmaschine röchelte völlig erschöpft auf einer Werkbank vor sich hin.

Der Schlitten hingegen machte einen ganz und gar unversehrten Eindruck. Kurz: Was auch immer Knecht Ruprecht mit dem Schlitten anstellen wollte – er hatte es sich wohl einfacher vorgestellt, als es war.

Doktor Knecht, der wie immer in einem langen grünen Lodenmantel steckte, setzte Elly und Nick auf den hohen Kutschbock, räumte die zerzauste Kettensäge und die halbe Axt beiseite und wandte sich dem Wichtel zu. »So, so, dich haben sie also geschickt. Den kleinen Orpheus! Den pingeligsten Wichtel der Innenrevision.« Er leckte sich über die Lippen. »Damit habt ihr nicht gerechnet, was? Dass der alte Ruprecht doch noch einmal zuschlägt!«

Orpheus, der Ruprecht gerade mal bis knapp übers Knie reichte (und das trotz Zipfelmütze), stemmte die Fäuste in die Seiten und schimpfte: »Sie wissen ganz genau, dass Sie nicht befugt sind, sich an himmlischen Werkzeugen zu vergreifen! Der Schlitten und die Rentiere gehören zum Werkzeug eines Weihnachtsmanns! Und was fällt Ihnen überhaupt ein, die Geschenke zu stehlen? Was wollen Sie denn mit so vielen Geschenken?«

Knecht Ruprecht grinste. »Halt die Luft an, Orpheus, und hör mir zu! Ich habe dir eine kleine Geschichte zu erzählen. Und pass genau auf, denn du weißt, dass sich Knecht Ruprecht nicht gern wiederholt. Und du musst dir diese Geschichte gut merken, denn du sollst sie weitererzählen!«

Der Wichtel gehorchte und sperrte die Ohren auf.

»Es gab eine Zeit, in der wurden brave Kinder am Ende des Jahres mit Geschenken belohnt. Und unartige Kinder wurden mit der Rute bestraft und bekamen keine Geschenke. Der Weihnachtsmann und ich teilten uns die Arbeit: Der Weihnachtsmann erledigte den Geschenk-Teil und sein Knecht Ruprecht hatte die Rute dabei.« Doktor Knecht stampfte mit dem schweren Stiefel auf. »Aber plötzlich wurde ich nicht mehr gebraucht und in die Wüste geschickt! Neuerdings wimmelt es nur so vor Weihnachtsmännern und alle Kinder bekommen an Weihnachten Geschenke! Egal ob sie sich benehmen wie Engel oder wie kleine, gemeine, Nerven zersägende Lausebengel. Und das nur, weil der Chef ein viel zu großes Herz hat!«

»Dürfte ich Sie kurz daran erinnern, dass Sie nicht ohne Grund in die Wüste geschickt wurden, sondern weil Sie eine ganze Schulklasse von Kindern …«, unterbrach Orpheus, aber Knecht Ruprecht donnerte:

»Nein, das darfst du nicht,
du Wicht!«

K.R.

22.

Au Backe

Niklas wäre fast vom Kutschbock des Schlittens gefallen, so laut hatte Knecht Ruprecht geschrien. Und selbst Elly wurde blass um die Nasenspitze, obwohl sie ja sonst immer behauptete, dass Doktor Knecht im Grunde seines Herzens ganz nett sei.

Knecht Ruprecht schnaufte wie ein asthmatisches Walross und fuhr fort. »Aber nun wird sich alles wieder ändern. Nun soll wieder Gerechtigkeit auf der Erde walten! Hier ist meine Botschaft an die Gemeinschaft amtlicher Weihnachtsmänner. Höre genau zu, Orpheus! Ich werde den Schlitten in seine Einzelteile zerlegen, deinen Hasen zu einem Ragout verarbeiten, den beiden Kindern mit der Rute drohen und niemals verraten, wo die Geschenke und die Rentiere versteckt sind, wenn die Weihnachtsmänner meine Forderung nicht erfüllen! Hast du das verstanden?«

Orpheus nahm seine Hornbrille ab, putzte sie am Zipfel seiner Zipfelmütze und sagte: »Es war nicht zu überhören. Sie brauchen nicht zu schreien. Wichtel haben gute Ohren. Aber erstens haben wir die Geschenke und die Rentiere längst gefunden, und zweitens fürchte ich, dass Sie etwas Wichtiges vergessen haben!«

»Jetzt komm mir nicht mit deinen Pingeligkeiten, Orpheus!«, drohte Ruprecht.

Aber Orpheus ließ sich nicht einschüchtern. »Lassen Sie mich ausreden!«, rief er. »Sie haben vergessen, mir Ihre Forderung mitzuteilen! Also: Was wollen Sie?«

Doktor Knecht stutzte kurz. Er kniff seine Augen zusammen, sodass nur zwei gefährliche Schlitze unter seinen buschigen Augenbrauen zu sehen waren, und zischte: »Ich will meine Arbeitsstelle im Himmel wiederhaben – und zwar sofort!«

Orpheus nickte. »Ist das alles?«

»Das ist alles! Zisch ab, ich gebe dir eine halbe Stunde.« Knecht Ruprecht sah auf die Uhr. »Halt, warte. Da wäre noch eine Kleinigkeit: Haben die beiden dämlichen Autoknacker dir einen Tipp gegeben, wo du mich finden kannst?«

Der Wichtel schüttelte den Kopf.

Mit dieser Antwort war Doktor Knecht zufrieden. Denn er wusste, dass Wichtel nicht lügen können. »Gut, gut. Also los, verschwinde. Und trödel nicht zu lange herum. Wenn dir dein Karnickel lieb ist.«

»Es ist ein Hase!«, sagte Orpheus. »Krümmen Sie den Kindern kein Haar, bis ich wieder zurück bin!«

»Wenn sie immer brav und ehrlich waren ...« Knecht Ruprecht musterte Niklas mit einem hinter-

hältigen Grinsen. »Wenn sie niemals ihren Müll neben den Papierkorb geworfen, keine Kreide und keine Schlüssel geklaut haben, dann haben sie nichts zu befürchten.«

Niklas zitterten die Knie. Woher wusste Doktor Knecht das mit der Kreide, die er letzte Woche aus der Tafelschale mitgenommen hatte? Und woher wusste er das mit dem Schlüssel für das Büro seiner Eltern? Hatte er ihn etwa am Morgen beobachtet? War der kalte Windzug, den er an der Schulter gespürt hatte, etwa der Geist von Knecht Ruprecht gewesen?

Doktor Knecht sah von Nick zu Elly. »Du warst doch in diesem Jahr immer ehrlich, oder, Elly? Kein einziges Mal gelogen, stimmt's?«

Orpheus verdrehte die Augen, murmelte etwas, das wie »Au Backe« klang, und sauste schnell wie der Blitz aus der alten Scheune.

23.

Bratpfanne und Presslufthammer

Weihnachtsmänner sind in der Regel ziemlich alt. Und ein alter Mann ist bekanntlich kein D-Zug. Deshalb sieht man echte Weihnachtsmänner fast nie ohne ihre Schlitten. Ohne Orpheus hätte es Klaus der127ste jedenfalls nicht rechtzeitig zurück ins Moor geschafft.

Der Wichtel war eine Wucht. So gesehen war er eigentlich ein Wuchtel. Orpheus stürmte ins Haus in der Moortorstraße Nummer 1, rannte die Treppen hinauf auf die Dachterrasse und holte das Rentiergespann. Auf dem Rückweg stieß er mit Olga Lohmar zusammen, die ziemlich sprachlos war: sechs Rentiere samt echtem Wichtel im Treppenhaus – das haut selbst die abgebrühteste Privatdetektivin aus den Schuhen.

»Wo sind Niklas und Elly?«, konnte sie noch rufen, aber Orpheus verlor weder Worte noch Zeit und trabte mitsamt Rentiergespann zu Joes Würstchenbude, wo er den Weihnachtsmann aufsammelte.

Klaus der 127ste aß gerade seine zehnte oder elfte Bratwurst und plauderte mit dem Ehepaar Hubertus und Lola Schmitz von Schmitzenstein, die ihren grasgrünen Rolls-Royce hinter der Würstchenbude geparkt hatten. Als Orpheus keuchend die Lage schilderte und den Weihnachtsmann zu einem kleinen Sprint überreden wollte, boten Lola und Hubertus Schmitz selbstverständlich an, sie rasch ins Moor zu fahren. Das Angebot ließ sich der Weihnachtsmann natürlich nicht entgehen.

Es kommt nur sehr selten vor, dass ein grasgrüner Rolls-Royce durch Buxtehude saust. Noch seltener sieht man einen Rolls-Royce, der einen Tannenbaum auf dem Dach transportiert, einen Weihnachtsmann und einen Wichtel (mit Hornbrille und Aktentasche) auf der Rückbank sitzen hat und ein Rentiergespann hinter sich herzieht. Hubertus Schmitz trat kräftig aufs Gaspedal und schon nach siebeneinhalb Minuten parkte der grasgrüne Rolls-Royce mit den orangenen Sitzbezügen vor Ruprechts kauzigem Haus.

Es war allerhöchste Zeit. Niklas hockte zusammen mit Elly im Turm und zitterte um sein und ihr Leben. Und ganz besonders zitterte er um das Leben von Schnüffler und um den Schlitten. Denn wenn er richtig durch das Schlüsselloch geguckt hatte, hatte Doktor Knecht doch tatsächlich eine Bratpfanne und einen Presslufthammer in die Scheune geschleppt … Umso größer war die Freude, als die Tür im Turm aufging und Orpheus sie befreite.

»Und was ist mit Ruprecht?«, fragte Niklas ängstlich.

Orpheus lächelte. »Kommt mit. Klaus der 127ste hat ihn gerade in der Mangel.«

Allerdings, das hatte er. Niklas hätte niemals gedacht, dass ein Weihnachtsmann so wütend werden konnte! Kleine rote Blitze schienen aus seinen Augen zu sausen, als er mit Ruprecht ins Gericht ging. Und der Knecht schrumpfte immer mehr in sich zusammen, während die lange Liste von Vorwürfen auf ihn niederprasselte.

Es war aber auch unglaublich, was Knecht Ruprecht getan hatte: Er hatte sich mit zwei ausgebufften Autodieben verschworen und hatte einen geklauten Rolls-Royce auf dem geklauten Schlitten zur Opti-Mopti-Werkstatt geflogen; er hatte die Geschenke mit der Hilfe von Kim und Kai am Güterbahnhof versteckt.

Und schließlich hatten Kim, Kai und Knecht Ruprecht auch noch die Rentiere an eine Frau verkauft, die selbst nicht genau wusste, was sie mit denen anstellen sollte.

»Die armen Tiere!«, rief Klaus der 127ste erbost.

»Aber die unartigen Kinder müssen doch bestraft werden!«, knurrte Knecht Ruprecht trotzig in seinen finsteren Bart.

»Ach was!« Klaus der 127ste zeigte Knecht Ruprecht einen Vogel. »Strafe, Strafe, Strafe! Wozu gibt es Eltern, große Brüder, kleine Schwestern, Lehrer, Erzieherinnen und Erzieher, schlechte Schulnoten, schlechtes Wetter, den Bohneneintopf der Großtante oder ein Weihnachtsfest, das im Nieselregen und Nebel versinkt? Das alles ist Strafe genug! Und zwar dicke.« Der Weihnachtsmann schüttelte den schweren Kopf. »Deine Zeit ist vorbei, Ruprecht! – Und noch eins: Die Stelle als Hausmeister an der Schule kannst du vergessen! Wenn du nicht sofort kündigst, dann erledigt Orpheus das für dich.«

Der Wichtel nickte, klappte seine Aktentasche auf und sagte (höflich wie immer): »Wir haben da das Formular K23/143 b, das auch Universalkündigung genannt wird. Mit dem Formular kann man alles und jedem kündigen. Und zwar fristgerecht und mit sofortiger Wirkung. Ich fülle das gern für Sie aus. Sie müssen dann nur noch unterschreiben.« Aber ehe er seine Aktenmappe hervorholen konnte, fuhr Knecht Ruprecht ihn an: »Schon gut, schon gut! Ich kündige lieber selbst!«

»Fein. Dann wäre ja alles geritzt«, sagte Klaus der 127ste und rieb sich vergnügt die Hände. »Und nun wünsche ich auch dir ein frohes Fest, Ruprecht! Ich habe noch eine Menge zu erledigen und kann dich leider nicht selbst zum Flughafen bringen. Aber vielleicht nehmen dich ja Lola und Hubertus Schmitz mit.«

»Flughafen?«, fragte Ruprecht. »Ihr schickt mich doch nicht wieder in die Wüste?«

»Aber nein, aber nein! Diesmal schicken wir dich ans Mittelmeer. Spann mal richtig aus! Leg die Füße hoch! Zieh den ollen Mantel aus und die Badeschlappen an! Alles auf unsere Kosten. Und wenn du unartige Kinder siehst, Ruprecht: Dann schließ die Augen und freu dich, dass du dich nicht drum kümmern musst. Du hast Urlaub!«

Der Weihnachtsmann schnippte mit den Fingern und schon holte Orpheus ein Flugticket aus der Aktentasche, das Klaus der 127ste dem sprachlosen Ruprecht in die Hand drückte.

»Guten Flug, alter Junge!«, sagte der Weihnachtsmann zum Abschied. Er spannte die Rentiere an und bugsierte Knecht Ruprecht auf die Rückbank des Rolls-Royce der Eheleute Schmitz, die etwas verdutzt aus der vornehmen Wäsche guckten.

24.

Frohes Fest!

»Na, ihr habt vielleicht Nerven!«

Frau Schulze, die Pfarrerin, war nicht gerade begeistert, als Niklas und Elly erst um Punkt 18.00 Uhr in der Sakristei der Kirche erschienen. »Die Kirche ist voll bis unter die Decke! Drei Engel liegen mit Grippe im Bett, deshalb wollte ich euch noch fragen, ob ihr den Engel-Chor vielleicht unterstützen könntet.«

»Wir?« Elly war empört. »Maria und Josef sollen sich unter die Engel mischen? Das kann doch nicht Ihr Ernst sein! Maria ist doch kein Engel! Und Josef erst recht nicht! Außerdem hat Maria gerade ein Kind gekriegt. Danach ist jede Frau fix und fertig und kann nicht singen!« Elly bekam ihren berühmten roten Kopf. »Ich dachte, Sie kennen sich aus mit der Weihnachtsgeschichte!«

Frau Schulze winkte ab. »Schon gut, war eine dumme Idee von mir.« Aber da ertönte schon das

Orgelvorspiel in der Kirche. Die Pfarrerin wartete noch zwei Minuten. Dann öffnete sie die Tür, die aus der Sakristei direkt in den Kirchenraum führte. Hinter ihr schlichen sich heimlich Maria und Josef, alias Elly und Niklas, ins Kirchenschiff.

Niklas war platt. Die Kirche war wirklich unglaublich voll. Alle Bänke waren besetzt, vor der ersten Reihe saßen jede Menge Kinder auf dem Boden, an den Wänden standen Erwachsene.

Als er all diese Leute sah, begann sein Herz zu rasen. Er hatte plötzlich keinen blassen Schimmer mehr, was er sagen musste und wann er überhaupt dran war. Kalter Schweiß brach ihm aus. – Er fühlte sich mindestens so krank wie die drei verschnupften Engel.

»Was ist los?«, flüsterte Elly. »Hast du etwa Lampenfieber?«

»Keine Ahnung. Ich glaube, ich muss sofort ins Bett und zum Arzt und nach Hause oder ins Krankenhaus! Kannst du das Krippenspiel nicht allein erledigen?« Niklas fühlte sich wirklich nicht gut.

Aber Elly sah ihm streng in die Augen und zischte: »Wage es ja nicht, Niklas Lohmar! Ich habe doch nicht mein Leben riskiert, nur damit du jetzt den Schwanz einziehst wie ein elender Feigling!«

Niklas schluckte. Elly hatte Recht. Aber er konnte

sich plötzlich an keine einzige Zeile seines Textes mehr erinnern. Es war zum Verzweifeln. Er starrte vor sich hin und fühlte sich so elend wie eine fette Gans am Weihnachtsmorgen.

Er sah auf das Bühnenbild, das schon neben dem Altar aufgebaut war. Der Stall, die Krippe, in dem vermutlich schon die Baby-Puppe lag. Die Baby-Puppe? Hatte er sich verguckt? Drehte er nun völlig durch? Er schloss die Augen, kniff sich in den Arm und guckte noch einmal hin. Aber es blieb dabei: Unter der Krippe stand eine kleine braune Tasche. Eine Aktentasche. So klein, als würde sie einem Gartenzwerg gehören. Oder einem Wichtel. Sollte etwa …?

Es sollte. Als sie endlich an der Reihe waren, lag doch tatsächlich anstelle der Baby-Puppe ein Wichtel in der Krippe! Er hatte eine rote Zipfelmütze auf dem Kopf, eine dicke Hornbrille auf der Nase und zwinkerte Maria und Josef zu. Besonders Josef war erleichtert. Denn dieser Wichtel hatte die Zettel mit dem Text des Krippenspiels in der Hand. Das war Niklas' Rettung! Er war plötzlich wieder putzmunter.

Pfarrerin Schulze hingegen musste zweimal kräftig schlucken, als sie versehentlich einen Blick in die Krippe warf.

Es wurde ein grandioses Krippenspiel: Josef blieb kein einziges Mal stecken, Maria war sehr zufrieden

mit ihm und selbst der Chor der himmlischen Heerscharen sang besonders fröhlich und viel kräftiger als bei den Proben.

Dieses Weihnachtsfest war für Niklas Lohmar etwas Besonderes. Weihnachten ist natürlich immer etwas Besonderes, aber wenn man einem Weihnachtsmann aus der Patsche geholfen hat, dann ist das Fest noch einen Tick besonderer als in anderen Jahren.

Das Essen bei Lohmars schmeckte vorzüglich. Omama und Großpapa kamen zur Bescherung. Und diese Bescherung war ganz große Klasse: Nick freute sich fast ein Loch in den Bauch, als er die vielen Geschenke unter dem leuchtenden Weihnachtsbaum entdeckte.

»Wir haben wohl ein bisschen übertrieben in diesem Jahr«, murmelte Nicks Vater, der sich insgeheim wunderte, dass es so viele Geschenke geworden waren.

Niklas packte eins nach dem anderen aus und freute sich. Es war zwar wieder kein Hund dabei, aber dafür eine erstklassige Detektivausrüstung: eine Lupe, schwarzes Pulver, um Fingerabdrücke zu nehmen, Visitenkarten und sogar eine Tüte Gummibärchen. Es war ein schönes Weihnachtsfest, auch ohne Spürhund.

Sie sangen gerade »Vom Himmel hoch« und Niklas ging irgendwie der Schlitten des Weihnachtsmanns nicht mehr aus dem Kopf, als es plötzlich an der Tür klingelte.

»Das muss Elly sein!« Niklas rannte hinunter ins Erdgeschoss. Aber es war nicht Elly. Vor der Tür stand nur ein einsames, aber ziemlich großes Paket, das in weihnachtliches Geschenkpapier eingewickelt war. Niklas rieb am Papier – es roch nach altem Paprikapulver und Radiergummikrümeln. Ein kleines aufgerolltes Briefchen war auch dabei.

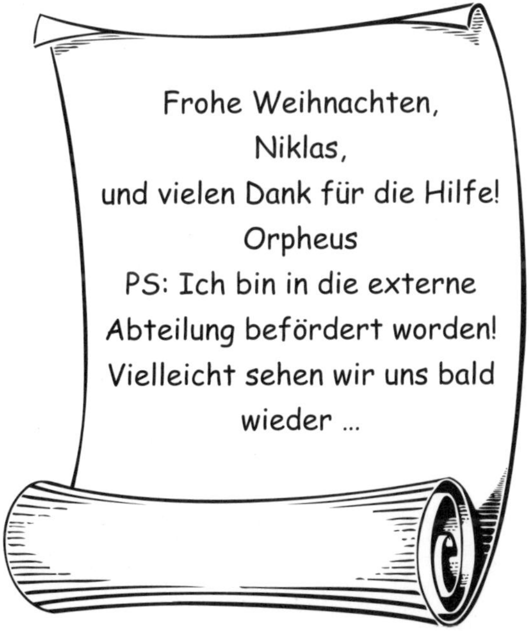

»Wer war das?«, fragte Philip Lohmar, als Niklas mit dem Geschenk zurück ins Weihnachtszimmer kam.

»Doch nicht etwa der Weihnachtsmann?«, fragte Großpapa schmunzelnd.

»Nein, nur ein Wichtel«, murmelte Niklas und packte das Geschenk aus.

Es war ein Stall.

Ein Kaninchenstall, um es genau zu nehmen. Ein Kaninchenstall mit Streu, Heu, Wasser und einem kleinen Häuschen. Und aus dem Häuschen guckte die mümmelnde Schnauze eines kleinen grauen Zwergkaninchens hervor.

Olga Lohmar zog die Augenbrauen hoch und wollte streng in die Runde fragen, wer denn auf die schwachsinnige Idee gekommen sei, Niklas ein Haustier zu schenken.

Aber alles, was sie sich selbst sagen hörte, war: »Och, ist das niedlich!«

Es war wie verhext: Sooft sie auch probierte, über das Tier zu schimpfen – alles, was sie herausbrachte, war dieser eine Satz: »Och, ist das niedlich!«

»Wie soll es denn heißen?«, fragte Omama.

»Orpheus!«, bestimmte Niklas.

Großpapa nickte bedächtig. »Ein guter Name für ein Zwergkaninchen.«

»Das ist kein Zwergkaninchen«, verbesserte Niklas seinen Großvater. »Das ist ein Wach- und Spürhase!«

Inhaltsverzeichnis

ISBN 978-3-473-**52324**-5

RTB_11_002

Charlie Bone
und die magische Zeitkugel
Jenny Nimmo
Ravensburger

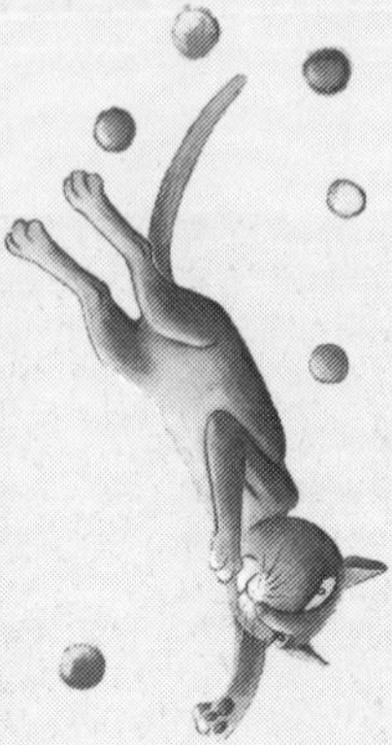

Ravensburger Bücher

Charlie Bones drittes Abenteuer

Jenny Nimmo

Charlie Bone und das Geheimnis der blauen Schlange

In den dunklen Gemäuern der Bloor-Akademie warten neue Abenteuer auf Charlie und seine Freunde: ein seltsames Mädchen, das nicht das ist, was es scheint, ein Unsichtbarer, der durch die Schule geistert und gerne Marmelade isst und eine geheimnisvolle blaue Boa, die der Schlüssel zu allem ist ...

ISBN 978-3-473-**52353**-5

Ravensburger

RTB_11_004